날마다 고독한 날

정수윤 번역가의 시로 쓰는 산문

날마다 고독한 날

정수윤 지음

두 언어 사이를 오가는 여정

오륙 년 전의 일이다. 지금은 허물어진 보문동 한옥 작업실에서 얼굴을 보면 그 사람의 전생이 보인다고 주장하는 한 시나리오 작가로부터 이런 이야기를 들은 적이 있다.

"너는 전생에 일본 사람이었어."

"오호, 그래요?"

"얼마 전에 네가 꽁꽁 언 내 아이스크림을 녹여준 적 있잖아. 그때 이미지 하나가 쓱 들어오더라. 너는 말이야, 조선의 독립운동을 도운 일본인이었어."

"하하하. 아니, 아이스크림 녹이는 모습이 어떻게 신성한 독립운동으로 건너뛴 거죠?"

그렇게 웃어넘긴 전생 풀이였는데, 돌이켜보면 이상한 일이다. 어느 날 갑자기 일본으로 떠나 도서관을 돌며 책 읽기로 소일하다가 지금은 십 년을 하루같이 일본글을 우리글로 옮기는 나날. 어릴 땐 한 번도 상상해본 적 없는 삶인데. 무엇이 나를 이 길로 이끌었을까? 하지만 독립운동이라니…… 내가 정말로 그렇게 용감했을까? 목숨 걸고 이웃나라의 독립을 외쳤을까? 그때도 두 나라 사이에서, 두 나라 모두를 사랑하며 두 언어로 슬퍼하고 기뻐했을까?

내내 헤매니 전생의 인연이라 괴롭긴 해도
사랑하는 마음은 세월을 돌고 도네

천 년 전, 사랑에 빠진 여성이 남긴 와카다. 일이든 사랑이든 누구나 한번쯤 이런 생각, 해보지 않았을까. 인생을 헤매게 만드니 괴롭기 짝이 없지만 다음 생에도 그다음 생에도 사랑할 수밖에 없을 만큼 좋아한다고. 나조차 설명할 수 없는 이끌림에 문학 번역을 업으로 삼게 된 지금, 내 마음이 꼭 그렇다.

---

* 迷ひそめし 契思ふが つらきしも 人に哀れの 世々に歸るよ
  기안몬인徽安門院, 『풍아와카집風雅和歌集』

와카로 에세이를 써보지 않겠냐는, 이 아무도 손대지 않을 법한 기획을 정은문고 편집자로부터 전해 들었을 때, 나는 어렴풋이 내 전생 이야기가 떠올랐다. 와카야말로 일본인 고유의 정서가 녹아든 시적 예술이기에. 마음에 드는 와카를 골라 번역한 다음 음미하며 내 안에 떠오르는 산문을 쓴다. 만만치 않은 작업이겠지만 이런 제안이 내게 온 것도 다 어떤 까닭이 있지 않을까. 그런 떨림이 있었다.

하지만 떨림은 불꽃 같은 것이다. 제대로 불을 피우려면 장작을 패는 노동과 기다림이 따른다. 책을 사고 책을 읽는 노동, 그 후에 머리칼을 쥐어뜯거나 넋 놓고 멍하니 창밖을 바라보는 고민의 시간이 이어졌다. 온종일 한 줄도 못 썼는데 책상에 내내 앉아 있으려니 허리만 아프다. 울고 싶다. 안 하겠다고, 포기하겠다고, 그런 메일을 열 번쯤 썼다 지웠을까.

뭐라도 하자 싶어서 가인(歌人 와카 짓는 사람)이 그려진 와카 카드를 벽에 붙여놓고 그 사람이 보았을 천 년 전 풍경을 상상하며 허송세월하기도 했다. 심지어 한일관계 악화로 책 출간을 조금 미루자는 연락이 왔을 땐 혼자서 쾌재를 불렀다. 아, 이 고통에서 잠시나마 해방되겠다(물론 먹고사는 문제는 '문제'였지만)! 그렇게 몇 번의 계절이 흘러 영하의 날씨가 이어지던 어느 날, 내 안에서 언어가 조금씩 결정을 맺었다. 나의 산문은 그렇게 시작되었다.

와카란 일본 고유의 시를 말한다. 일본을 뜻하는 와和에 노래를 뜻하는 카歌를 쓴다. 옛사람들은 시를 노래라고 불렀기 때문이다. 그만큼 삶에 깊이 녹아든 예술이었다. 지난해 바뀐 일본의 새 연호 '레이와令和'도 900년께 완성된 가장 오래된 와카 모음집 『만엽집』에서 왔다.

초봄 길한 달 아래 공기 맑고 바람 온화하니,
매화는 분처럼 피어나고 난은 우아한 향기를 풍긴다.

천 년 전 봄밤, 추위를 이기고 피어나는 매화를 보며 지은 와카의 서문이다. '레이와'는 "아름답고 길한 달 레이게츠令月 아래 온화한 바람이 분다風和ぎ"의 분위기를 이은 명칭이다. 음수율은 부드럽게 암송하기 쉬운 5·7·5·7·7자를 기본으로 한다. 그러니까 서른한 자의 언어 조합에 나의 마음과 나를 둘러싼 세상을 담는 것이다.

세계에 널리 알려진 하이쿠도 와카에서 왔다. 17세기 들어

* 初春の令月にして、気淑く風和らぎ、梅は鏡前の粉を披き、蘭は珮後の香を薫らす。
  매화의 노래 32수 서문 일부, 『만엽집万葉集』

서른한 자도 길다 하여 7·7을 떼고 5·7·5만 남긴 것이 하이쿠다. 예를 들면 이렇다.

　달이 안내자　이리로 오십시오　여행자 쉴 곳

　쓸쓸한 여행자가 달을 길잡이 삼아 몸과 마음 누일 곳을 찾는 모습이다. 하이쿠는 혼자의 감각에 몰입하고, 와카는 덩굴처럼 엉킨 인연에 호소한다. 하이쿠를 재치의 맛으로 읽는다면, 와카는 인정의 맛으로 읽는다고 할까. 하지만 그래 봐야 열네 음절 차이. 한두 줄 짧은 시에 만물을 바라보는 통찰을 담는다는 개념은 일맥상통한다.

　간결함을 미학으로 하는 와카에 나의 산문을 보태도 될까하는 걱정도 있었다. 덜어내자, 가벼워지자, 무거워선 진실로 전달하지 못한다. 일본 고전 시는 기본적으로 그런 운동성을 가지고 있다. 그러니 나의 산문은 그저 와카의 숲을 지나다 주운 도토리 같은 것이라고 생각해주시면 좋겠다. 도토리도 가끔 보면 귀여울 때가 있고 약간은 쓸모가 있으니까.

　내 전생의 진위 따윈 알 수 없으니 영원히 모른 채 죽겠지만,

* 月ぞしるべ　こなたへ入せ　旅の宿　바쇼芭蕉

분명한 건 내가 한국어와 일본어라는 두 언어의 유구한 역사 끝에 나름의 상像을 맺고 살아가는 존재라는 사실이다. 하나는 선천적으로 내게 왔고, 다른 하나는 후천적으로 내가 갔다. 이 오고 감이 내게 주는 영감을 소중히 하고 싶다. 그리고 이번 생이 다할 때까지 두 손에 쥔 이 언어로 무엇이든 재미있는 일을 해보고 싶다. 그렇게 정했다.

언어에는 일종의 마술성이 있다. 기분 좋은 말은 우리를 기분 좋은 곳으로 데리고 간다. 아름다운 말은 우리를 아름다운 곳으로 데리고 간다. 지옥을 닮은 말은 우리를 지옥을 닮은 곳으로 끌고 간다. 말은 인간의 말머리이다. 우리는 우리의 말이 이끄는 대로 가게 되리라. 이것은 진리라고 생각한다.

세상 모든 고전이 인류가 언어로 가꾼 숲이라 할 때, 이 책은 어느 외딴 섬의 무성한 숲에 자란 나무들을 옮겨 심은 작은 식물원이다. 천 년 전 이국의 식물, 와카 65편을 여기 싣는다. 부디 이 작은 와카 식물원에서 쉬었다 가시길. 그때 나의 산문이 다정한 말벗이 되기를. 물론 시끄러울 땐, 그저 한 알의 도토리가 되겠습니다.

2020년 아름드리나무 아래서
정수윤

차례

1장
언어의 숲에서

나무 아래로 한곳에 그러모은 언어 잎사귀

어머니가 남기는 숲의 유품입니다

木の下に　かき集めたる　言の葉を
はゝその森の　かたみとは見よ

나비와 이파리

우리는 죽으면 어디로 갈까. 작업실 동료와 마당에 앉아 그런 이야기를 나눈 적이 있다. 봄이 막 문턱을 넘었고, 동네 꽃집에 나온 앙증맞은 봄꽃을 그냥 지나치기 아쉬워 제비꽃이니 흰꽃나도사프란 같은 화분을 사 와서 분갈이를 마친 뒤였다. 어떻게 알고 하얀 나비가 날아와 이파리 사이에서 팔랑거렸다.

엄마는 돌아가시기 전 몇 년 동안 다리가 아파서 걷질 못하셨어요. 그래서 나비를 보면 죽은 엄마가 훨훨 날아 나를 찾아

오신 것만 같아요. 동료가 말했다. 그런 이야기를 들으면 정말로 그 나비가 동료의 어머니처럼 보인다. 사람은 죽어서 나비가 될까. 살아생전 간절히 바라던 모습으로 현현할까.

나는 죽어서 나무가 되고 싶은데. 내가 중얼거렸다. 왜요? 한곳에 가만히 있는 게 미치게 좋거든요. 어쩌면 나는 이미 나무의 한 종인지도 몰라요. 겉으론 사람 모습을 하고 있지만.

이런 상상도 해본다. 내 손을 거친 책이 한 권 한 권 작은 나무가 되어 동화의 나무 아래서는 아이가 흙장난하고 소설의 나무 아래서는 어른이 쉬었다 가는. 그런데 이 와카를 읊으니 어쩌면 인간이 죽어서 정말로 되는 것은 '언어 잎사귀'인지도 모른다는 생각이 든다. 일본어로 언어言의 잎사귀葉 '고토바言葉'는 말을 뜻한다. 인간이 한 그루의 나무라고 할 때 거기에 달리는 잎사귀가 말, 말, 말이라는 뜻이리라.

정말로 말은 사라지지 않고 차곡차곡 쌓인다. 우리의 입을 통해, 글을 통해, 존재 전체를 통해 다음 세대로 또 그다음 세대로. 우리가 매일 쓰는 말이야말로 가장 오래 지상에 남는다.

이 와카에서 한곳에 그러모은 언어 잎사귀는 시집을 뜻한다. 어머니가 죽음을 앞두고 평생 써 모은 와카를 묶은 서책을 자녀에게 주며 자기 유품처럼 생각해달라고 한다. 그때 지은 노래다. 굳이 서책이 아니더라도 자식은 태어나는 순간 이미 거대한 숲을 물려받는다. 어머니에게서 받은 가장 고귀한 유산. 아이에게 물려줄 수 있는 가장 의미 있는 유품. 그것은 언어 잎사귀로 가득한 숲이 아니고 무엇일까.

한국 시를 번역해 일본에 알린 시인 이바라기 노리코는 한국어 공부의 어려움을 「이웃나라 언어의 숲」(『처음 가는 마을』)이라는 시에서 이렇게 표현했다.

숲이 얼마나 깊은지
들어가면 갈수록
가지가 우거져 심오하니
외국어의 숲은 울창하기만 합니다

누구나 외국어를 대하는 마음은 이러할 텐데, 나 역시 그렇게 일본어를 공부했다. 특히 그 숲은 한자가 무성하다. 한 발 들일 때마다 괴상하게 생긴 어마어마한 획수의 한자가 눈앞을 가로막는다. 숨이 막힌다. 가히 한자 도깨비들과의 싸움이다. 질려서 내빼면 신성한 곳까지는 들어갈 수 없다. 시간을 두고 하나하나 뜯어보면 귀엽기도 하고 애정도 싹트고, 그러면서 이웃나라 언어의 숲에 길이 열린다.

내 생각에 인간은 죽으면 잘게 쪼개져 흩어지는 것 같아요.

그리운 눈으로 나비를 쫓으며 동료가 말했다. 흩어진 조각이 뿌려졌다가 훗날 여러 형상의 일부로 세상에 오는 거죠. 나는 고개를 끄덕였다. 그렇다면 오늘 데려온 제비꽃 속에, 봄바람을 타고 온 나비 속에 누군가의 영혼이 조금씩 깃들어 있을까? 그리 생각하니 만물이 조금씩 새로이 보인다.

옛 일본말에서는 나무와 아이가 동음이의어다. 나무를 뜻하는 '키木'를 '코'라고도 읽는데, 아이를 뜻하는 '코子'와 발음이 같다. 그러니 '나무 아래로 그러모은 언어 잎사귀'는 '아이 아래로 그러모은 언어 잎사귀'라는 뜻도 함께 지닌다. 언어의 숲 속 나무 아래에, 예쁜 아이의 발밑에 우리는 어떤 잎사귀를 모으고 있을까.

* 미나모토노 요시쿠니의 아내源義國妻, 『사화와카집詞華和歌集』

그대 그리다 까무룩 잠든 탓에 나타났을까

꿈인 줄 알았다면 깨지 않았을 것을

思ひつつ　寝ればや人の　見えつらむ
　　夢と知りせば　覚めざらましを

너의 이름은

그런 꿈을 꿀 때가 있다. 꿈에 만난 사람이 사무치게 좋아서, 꿈속 상황이 정말로 꿈에 그리던 일이라서 꿈이란 걸 알면서도 깨지 않으려 눈을 꼭 감고 꿈을 붙잡고 있을 때가.

천 년 전 사람도 그런 꿈을 꾸었다. 차라리 꿈에 살겠노라고 노래할 정도라면, 꿈에 만난 그이를 얼마나 사랑했을까. 단순 하면서도 아름답지만 시를 노래한 사람의 마음을 생각하면 마음이 아픈 와카다. 꿈의 와카로 유명한 헤이안시대(794~1185)

여성 가인 오노노 코마치의 작품이다.

「너의 이름은。」이라는 애니메이션도 이 와카에서 시작되었다. 신카이 마코토 감독은 어느 날 이 와카를 읽고 꿈에서 꿈으로 이어지는 사랑 이야기를 떠올렸다. 어쩌면 더는 만나지 못할 시간의 강을 건너버린 사람을 사랑하게 된다면? 그리고 그 사람과 꿈속에서 만나 교감하게 된다면? 천 년 전 한 여인의 사랑 노래가 완전히 새로운 형식으로 지금 우리 눈앞에 나타난 사실이 즐겁고 신비롭다.

　설핏 든 잠에　사랑하는 사람을　만난 이후로
　꿈이라는 것에게　의지하게 되었네

코마치의 또 다른 작품이다. 「너의 이름은。」이 그대로 연상된다. 꿈을 뜻하는 '유메夢'는 자면서 본다는 뜻의 '이메寢目'에서 왔다. 옛사람들은 꿈을 꾸면 영혼이 몸 밖으로 빠져나와 만나고 싶은 사람을 만나러 간다고 생각했다.

코마치가 꿈의 와카를 즐긴 이유도 머나먼 북쪽 나라 아키타에서 교토궁궐 궁녀로 발탁되어 갑자기 생소한 도읍에 살게 된 이력 때문은 아니었을까. 꿈에서라도 몸을 빠져나와 고향의 정든 친구들을 만나고 싶었는지도 모른다. 상상력이 풍부한 그녀였기에 보고 싶은 사람을 만나러 갈 꿈길이 더욱 간절했으리라. '꿈길(夢路 유메지)'이라는 단어를 코마치가 만들었다는 설이 있을 정도다.

꿈길에서는 종종걸음을 치며 만났지마는
현실에서 스치듯 만난 것에 비할까

아무리 밤마다 종종걸음을 치며 꿈길을 쏘다녀도 현실에서 옷깃이 스친 것만 할까요, 라는 코마치의 설레는 시다. 지금 봐도 이렇게 가슴이 두근거리니 당시에는 와카만으로도 그녀와 사랑에 빠지는 이들이 많았으리라. 그 사람의 시를 낭독하며 그 사람의 영혼 곁으로 다가간다. 뛰어난 시를 남기고 수많은 남성의 구애를 받았던 코마치였지만, 말년에는 홀로 걸어서 고향으로 돌아가는 길에 객사했다고 전해진다.

나는 어쩐지 젊은 날의 그녀보다 길 위의 노파가 된 그녀에게 끌린다. 코마치의 노년을 그린 우키요에 한 장에서 풍기는, 뭐라 말할 수 없는 분위기가 좋다. 하늘엔 쓸쓸한 조각달이 떠 있고 하얗게 센 머리를 느슨하게 묶은 노파가 걷다 지쳐 고목에 앉아 있다. 다 헤진 모자를 등에 걸고 지팡이를 짚고 있다. 주름진 눈가와 목과 손에는 세월이 내려앉았다. 멀리 어딘가를 바라보는 노파의 시선 끝에는 무엇이 있었을까. 젊은 시절 보았던 어렴풋한 꿈길이 있었을까. 츠키오카 요시토시의 우키요에 「소토바의 달」이라는 작품이다.

요즘 나의 꿈길엔 가로등이 다 꺼졌는지 캄캄하여 길을 헤매기 일쑤다. 내가 꿈에서 간절히 만나고 싶은 이들은 좀처럼 찾아와주지 않는다. 아직은 현실이, 살 만한 탓인지는 몰라도.

* 오노노 코마치小野小町, 『고금와카집古今和歌集』

백제들판의 마른 싸릿가지에 봄 기다리던

휘파람새 지금쯤 지저귀고 있을까

百済野の　萩の古枝に　春待つと

居りしうぐひす　鳴きにけむかも

어느 문명

백제라고요? 우리가 아는 그 백제 말입니까? 어째서 일본에
서 가장 오래된 가집 『만엽집』에 백제라는 이름의 들판이 나오
지요? 호기심에 찾아보니 지금도 고대 일본의 도성이 있던 나
라현 인근에 백제라는 이름의 마을이 남아 있다. 일본말로는
'구다라'라고 읽는다.

고대 일본에는 백제 사람이 건너가 마을을 이루고 산 곳이
여럿 있었다. 대부분 철기나 도자기, 불교, 문자, 승마술 같은

신문물을 전파하며 정착해 살았다. 그러던 660년 백제가 신라와 당나라 연합군에 멸망하자 이를 지켜볼 수만은 없던 일본은 의자왕 아들 부여풍과 함께 함대를 끌고 출병하여 백제 부흥을 도왔다. 그러나 결말은 우리가 잘 아는 대로다.

백제 멸망 이후 많은 백제 사람이 살기 위해 일본으로 도망쳤다. 왕세자 시절 직접 백마강으로 출진해 백제와 연합했던 덴지왕은 그들을 대우하여 새로 천도한 궁궐이 있는 비와호 인근에 땅을 주고 살도록 했다. 그 일대에는 지금도 백제라는 지명이 있고 백제사라는 절도 쓸쓸하게나마 남아 있다.

나라시대(710~794)에 활약한 가인 야마베노 아카히토가 이 와카를 지었을 때는, 그곳 백제들판도 이미 쇠락해 있었다. 그는 쓸쓸한 백제들판에 서서 무슨 생각을 했을까? 아마도 아카히토는 지금 우리보다 백제에 대해 훨씬 더 많이 알고 있었으리라. 함께 술잔을 기울이던 백제인 친구가 있었을지도 모른다. 이미 멸하여 덧없이 사라진 백제, 그들의 후손이 터를 잡고 살았을 백제들판에도 봄은 올까. 휘파람새가 지저귄다 하여도 어느 아름다운 문명은 과거가 되었다. 아카히토는 그런 쓸쓸한 마음으로 이 시를 읊었을까.

나는 종종 송파구 올림픽공원을 산책하며 백제의 흔적을 엿본다. 공원 내에는 백제인이 차곡차곡 흙을 쌓아 만든 몽촌토성이 있다. 부드러운 곡선으로 높고 낮은 구릉을 이룬 이 토성을 걷다 보면, 아름다운 것을 사랑했던 백제인의 손길이 전해지는 듯하다. 요즘 그 언덕에 멋스럽게 선 '나홀로나무' 아래로 대규모 백제 유적 발굴이 한창이다. 산책할 때마다 발굴장 규모가 점점 더 커지는 모습을 본다. 아마도 꽤 넓은 땅에 걸쳐 많은 유물이 발굴되는 모양이다.

봄이면 펜스 너머 백제의 숨결을 느끼며 노란 안개 같은 산수유 꽃길을 걷는다. 한강 줄기에서 수분을 가득 끌어오는 덕분인지 꽃과 나무가 아주 잘 자란다. 삐이삐리리. 어느 나무에선가 휘파람새 한 마리가 고운 목소리로 지저귄다. 백제언덕은 지금, 윤기 가득 머금고 봄을 기다리고 있다.

* 야마베노 아카히토山部赤人, 『만엽집』

이번 여행엔 아무런 준비 없이 산길을 걷네

비단결 고운 단풍 신께 바치나이다

このたびは　幣も取りあへず　手向山

紅葉の錦　神のまにまに

퍼즐과 벽

인생은 어차피 계획대로 되지 않는다. 누가 그랬던가, 인간은 태어나는 것부터가 도박이라고. 그러니 아무런 준비 없이 여행을 떠나도 좋다. 마음이 이끌리는 대로 두어도 좋다. 우리의 인생은 매 순간이 여행이니까.

'이번 여행'의 원문 '고노타비このたび'에서 '타비'는 여행旅과 이번度이라는 두 가지 뜻을 담고 있다. 이 두 단어가 동음이의어라는 건 어쩐지 의미심장하다. 하루하루 매번의 선택이 여행이

라는 뜻일 테니. 우리는 모두 지금 이 순간의 여행자들이다.

재일교포 3세 최실의 소설 『지니의 퍼즐』에도 지구별 여행자 지니가 등장한다. 지니의 가족은 전쟁 전 일본에 정착한 재일교포다. 일본 학교에서 같은 반 친구로부터 "조센징, 꺼져"라는 말을 듣고 충격을 받은 지니는 도쿄에 있는 북조선 계열 중학교로 진학한다. 하지만 당시 교복인 치마저고리를 입고 등교하다 성추행을 당하고, 정신 불안에 빠져 교실 벽에 걸린 김일성과 김정일 사진을 집어 던진 끝에 선생들에게 끌려 나온다. 미국 고등학교로 전학을 가보지만 그곳에서도 지니는 안정을 얻지 못한다.

지지난 봄, 나는 인사동에서 열린 '경계의 문학 포럼'에서 저자 최실을 만났다. 번역자로서 인터뷰 통역을 맡은 자리였는데 일이 끝나고 잠시 대화를 나눴다. 검은 머리칼 군데군데에 분홍 브리지를 넣고 레깅스에 발목까지 오는 검은 워커를 신은 최실은 생기가 넘쳤다. 우리는 금세 친해졌다. 그녀는 소설 절반쯤이 자기 이야기라고 했다.

"책엔 안 나오지만 고등학생 때 한국에서 살면 어떨까 싶어서 혼자 서울에 온 적이 있어. 여기 살면 아이덴티티 고민 같은 거 없이 마음 편하게 살 수 있을까 싶어서. 여섯 달쯤 살았나. 하루는 포장마차에서 어묵을 먹는데 주인아주머니가 대뜸 독도는 우리 땅이라는 거야. 내 말투가 어눌해서 그랬나. 난 일본 사람 아니라고 했지만 자이니치도 똑같다 그러시더라(많은 재일 교포가 한국 국적이다. 한국과 일본은 미국처럼 출생지를 국적으로 삼지 않고 부모의 국적을 따르기 때문에 한국 국적을 버리지 않고 일본에 사는 사람도 많다). 그 비슷한 경우가 한두 번이 아니었고. 아, 나는 여기서도 자유로울 수 없겠구나 싶었어.”

신이 빛과 어둠으로 세상을 만들었다면, 인간은 벽과 국경으로 세상을 망친다. 사춘기 시절 최실은 자신이 선택하지도 않은 일 때문에 듣지 않아도 될 말을 듣고 겪지 않아도 될 일을 겪었다. 무엇이 그녀를 함부로 대하도록 허락했을까. 적어도 우리는 한 인간을 비난하거나 상찬할 때, 그 사람이 자율적으로 선택한 행위만을 두고 말해야 한다.

최실은 지금 여행 중이다. 작년엔 오키나와에서 작은 수제 구두점에 들어가 구두 만드는 걸 배워볼 참이라더니, 올해 연하장에는 태국에 가서 코끼리를 안고 있는 사진을 보내왔다. 태국은 네 말대로 정말 아름다운 곳이었어, 개들도 자유롭고 사람들 마음도 따뜻하고, 네가 알고 있는 또 다른 여행지를 추천해줘, 라는 편지와 함께. 지난번 만났을 때 지나가는 말로 태국이라는 나라의 아름다움에 대해 언급했는데 정말로 그새 날아간 모양이네 싶어 웃음이 났다. 서른을 갓 넘긴 그녀는 여전히 자신이 마음 편히 살 수 있는 나라를 찾고 있다.

　나는 최실에게 다음 여행지로 제주도를 추천했다. 아직 가보지 않았다면 꼭 한번 가보길 바라, 요즘은 섬 여기저기에 작은 서점도 많이 생겼어, 네가 아주 좋아할 거야, 라고. 현기영의 소설『순이삼촌』이나 오멸 감독의 영화「지슬」도 일본어로 번역되었다면 꼭 소개하고 싶다. 그녀가 아주 좋아하지 싶다. 최실이 이번 여행을 마치고 다시 책상 앞에 앉아 소설을 쓰게 된다면, 그것은 이전보다 한층 더 아름다운 소설이 되리라.

* 스가와라노 미치자네菅原道眞,『고금와카집』

헤어진대도 이나바산 푸르른 소나무처럼

기다린다 하시면 내 곧 돌아오겠소

たち別れ　いなばの山の　峰に生ふる

まつとし聞かば　今帰り来む

고양이를 찾아줘

고양이를 잃어버린 사람들에게 이 와카가 주술처럼 쓰인 건 언제부터일까? 작가 우치다 햣켄이 잃어버린 고양이 노라를 찾아 헤매는 에세이 『당신이 나의 고양이를 만났기를』(원제 『노라야ノラや』)에는 이런 장면이 나온다. 자신이 키우던 고양이 노라가 사라지자 동네방네 노라를 찾아다니는데, 그래도 못 찾자 이발소에 벽보를 붙이고 신문에 광고를 내고 라디오까지 나와 자기 고양이 좀 찾아달라고 애타는 마음을 전한다.

햣켄이 직접 만든 '고양이를 찾습니다' 전단은 이렇다. 고양이의 생김새와 사례금 삼천 엔을 드린다는 내용을 적고는 네 면에 빙 둘러 고양이를 찾는 주문인 "헤어진대도 이나바산 푸르른 소나무처럼 기다린다 하시면 내 곧 돌아오겠소"를 붉은 글씨로 박아 넣어 삼천 장 뿌렸다.

머리 벗어진 중년 아저씨가 울면서 노라야 노라야 부르고 다녔을 모습을 상상하면 웃음이 나지만, 당사자에게는 "기다린다 하시면 내 곧 돌아오겠소"라는 천 년의 시가 얼마나 믿음직스럽게 들렸을까. 요즘도 일본에는 고양이를 잃어버리고 고양이가 먹던 밥그릇 밑에 어느새 주문이 되어버린 이 구절을 적어 두는 사람이 있다고 한다.

이 와카는 원래 멀리 유배를 떠나는 사람이 동료와의 이별을 아쉬워하며 불렀다. 친구들이 그와 헤어지는 것이 안타까워 송별회를 열고 와카를 한 수씩 읊자 그 답가로 이 시를 읊었다. 이나바산은 돗토리현 바닷가에 위치한 산인데 당시 도읍인 교토에서 세토내해를 빙 둘러 몇 날 며칠 바닷길을 가는 머나먼 곳이었다. 그렇게 까마득한 해변 절벽에 자란 소나무도 사시사철 푸를 터인데, 여기 모인 우리 우정이 변할 리 있을까. 나 없다고 슬퍼 말라, 다들 날 기다려만 준다면 언제든 달려오겠으니. 그런 의미가 담겨 있다.

이 노래는 벗하던 이와 헤어질 때 부르는 이별가부터 아끼던 고양이를 찾는 주술에 이르기까지 다양한 상황에서 많은 사람에게 사랑받았다. 무언가를 간절히 기다리는 사람은 입으로라도, 말로라도 마술이 일어나길 바라며 읊조렸으리라. 간절히 바라는 것이 있으면 주술처럼 언어화시키는 것도 한 방법이다. 그렇게 시가 되고 기도가 된 바람을 소리 내어 말하고 종이에 글로 쓰고 노래처럼 흥얼거리는 사이에 우리는 그 안에 살게 된다. 고양이는 돌아오지 않을지라도 우리는 이미 함께다.

일본말로 '소나무'와 '기다리다'는 둘 다 '마쓰まつ'라고 읽는다. 그래서 간절히 누군가를 기다리는 와카에는 소나무가 거의 빠지지 않고 등장한다. 그간 내게 소나무는 바닷바람 막고 선 강인한 인상이 있었는데, 이제는 사시사철 푸르게 기다리고 또 기다리는 이미지까지 더해져 더 믿음직스럽게 다가오겠다. 기다리는 사람이 있다면 동네 소나무 아래서 조용히 불러보자. 너를 기다리고 있다고. 우리는 쭉 함께라고.

* 아리와라노 유키히라在原行平, 『고금와카집』

달 보노라니 수천 가지 상념에 쓸쓸해지네
이 내 몸 하나만의 가을은 아닐진대

月みれば　ちぢにものこそ　悲しけれ
わが身ひとつの　秋にはあらねど

달의 한숨

　그날은 봄이었지만 가을보다 서늘했다. 땅에는 비명이, 하늘
에는 혼돈이 가득했다. 3월 11일. 구 년 전 동일본대지진이 일
본을 덮친 날 아침, 나는 도쿄 다카다노바바역 근처 영화관 쇼
치쿠에서 「거북이도 난다」라는 영화를 보고 있었다. 오전까지
만 해도 재앙의 전조 없이 하늘은 맑고 바람은 깨끗했다.
　영화는 사담 후세인이 잡히기 전, 미국 침공 소문에 이라크
를 탈출하려고 국경으로 모여든 난민 아이들이 생존하는 이야

기였다. 멀리 비행기 진동에 헐벗은 산으로 허겁지겁 도망치는 아이들 뒷모습에서 죽음의 공포가 느껴졌다. 몇 시간 후 나는 스크린 밖에서 그 아이들이 느꼈을 공포를 고스란히 맛보았다.

태양이 머리 위로 지나갈 무렵, 돌연 지반이 흔들렸다. 아스팔트가 출렁출렁하더니 곧이어 전봇대가 휘청거렸다. 나는 겁에 질려 길바닥에 주저앉고 말았다. 어디선가 위잉, 위잉 소리가 들려왔다. 눈앞의 십층 건물이 공기인형처럼 좌우로 휘며 내는 소리였다.

아아, 저 붉은 벽돌이 머리 위로 쏟아지면 나는 죽겠구나. 도망칠 곳은 없었다. 도심의 빌딩숲은 그야말로 지뢰밭이었다. 한 걸음이라도 내디디면 앞으로 꼬꾸라질 것 같아서 일어설 수조차 없었다. 직립보행은 더 이상 안전하지 않았다. 자연은 그저 고요한 풍경이 아니었다. 아주 적극적으로, 온몸으로 말을 걸어오는 거대한 생명체. 그날의 십 분이 지금도 내 안에 진동으로 남아 있다.

나는 쏜살같이 달려가는 죽음의 옷자락만 흘끗 보았을 뿐, 무사히 살아남아 집으로 갔다. 책이며 그릇이며 엉망으로 바닥에 쏟아져 있었지만, 구석으로 대충 밀어두고 지진으로 잠긴 가스 밸브를 연 뒤 신라면을 끓였다. 살았다 싶으니 배가 고팠다. 숙주나물까지 넣고 끓인 라면을 맛있게 한 입 먹으려 했을 때, 나는 나를 비껴간 죽음이 도호쿠 지방으로 날아갔음을 알 수 있었다. 텔레비전에 비친 거대한 쓰나미, 그것이 조용히 몸을 일으켜 사람들의 발목을 끌고 깊은 바다로 데려가고 있었다. 그날, 이만 명에 달하는 사람이 죽거나 행방불명됐다.

밤이 깊었는데도 쉬이 잠들 수 없었다. 여진이 계속되는 탓도 있었지만 수천수만의 살려달라는 비명이 들려올 듯했다. 외투까지 껴입고 여차하면 창문으로 뛰어내릴 생각으로 머리맡에 신발을 놓고 이불 속으로 들어갔다. 잠이 올 리 없다. 말똥말똥 뜬눈으로 밤을 지새웠다.

그날 밤 달은 수천수만의 슬픔과 애도로 똘똘 뭉쳐 있었으리라. 그 공포는 현재진행형. 그때 폭발한 후쿠시마 원자력발전소는 여전히 인류에게 재앙이다. 어제는 방사능 오염수를 태평양에 방류한다는 기사를 보았다. 휴우, 정신이 아득해진다. 대체 우둔한 인간들은 어디까지 지구를 망가뜨릴 작정일까. 이 모든 걸 한심하게 지켜보는 달의 한숨 소리가 들리는 듯하다. 전 세계 원자력 발전소는 점진적으로 완전히 폐쇄되어야 한다.

이 와카는 헤이안시대 한학자 오에노 치사토가 당나라 시인 백거이의 한시를 번안해 지었다. 연인이 죽고 슬픔에 잠긴 백거이는 연자루에 올라 노래했다.

가을이 오직 한 사람을 위하여 길기도 하다

한 사람의 죽음에 무감각한 인류에게는 달도 별도 정이 떨어
져 영원히 멀어질지도 모를 일이다.

* 오에노 치사토大江千里, 『고금와카집』

뜰의 표면에 달빛도 새어들지 못할 정도로

가지 끝은 여름이 온통 무성하구나

庭のおもは　月もらぬまで　なりにけり

梢に夏の　かげ茂りつつ

계절 한 스푼

달밤을 걷고 있다. 한여름이다. 얼마나 잎이 우거졌으면 뜰로
쏟아지던 달빛이 사라졌다. 가지마다 빼곡한 나뭇잎 때문이다.
한여름에는 가지 끝 가득 잎사귀가 자라나 달그림자를 만든다.
그걸 '가지 끝에 여름이 무성하다'라고 표현했다. 나뭇잎 달그
림자로 뒤덮인 여름밤. 계절의 운행이 눈에 보이는 듯하다.

내가 좋아하는 일본어 가운데 '키모레비木漏れ日'라는 말이 있
다. 나무들 사이로 새어드는 햇살이란 뜻인데, 단어 하나로 우

거진 숲속에 쏟아지는 빛줄기가 떠오른다. 잎사귀 '엽'을 써서 '하모레비葉漏れ日'라고도 한다. 나무와 나뭇잎, 그 사이로 쏟아지는 햇살. 낱말 하나가 한 폭의 그림처럼 시각적으로 아름답다. 덤으로 상쾌한 공기까지 전해진다.

이 와카에는 해가 아니라 달이 떴다. 낮이 아니라 밤이다. 밤에는 나뭇잎 사이로 달빛이 새어든다. 아름답고 은은한 밤 풍경이다. 해 대신 달을 넣어 '키모레즈키木漏れ月'라고 읊어본다. 그런 낱말이 없는 건 달빛 새어드는 한밤 숲속에 발을 들이기가 두렵기 때문일까. 한낮의 더위가 가시고 시원한 밤바람이 불어오는 우거진 나무 아래를 산책하는 것도 인생에 신비로움을 한 스푼 더하는 일일 텐데.

아아, 가지 끝에 무성한 여름 아래 나뭇잎이 그린 달그림자 밟으며 언제까지나 조용히 걷고 싶구나. 그것만으로도 살아 있을 이유는 충분하다.

* 시라카와인白河院, 『신고금와카집新古今和歌集』

새벽달 아래 차갑기 그지없던 헤어짐 이래

동틀 녘 무렵만큼 우울한 것은 없네

有^{ありあけ}明の　つれなく見えし　別^{わか}れより

暁^{あかつき}ばかり　憂^うきものはなし

러브레터

　날이 밝아오기만 해도, 얼핏 새벽달이 보이기만 해도 가슴이
답답하고 심장이 아려옵니다. 그대 곁을 떠나야 했던 차디찬
새벽은 내게 끝없는 우울입니다. 아, 이런 편지라면 나도 한번
쯤 받아보고 싶구나. 그런 감탄이 절로 나니 이 사람, 연애편지
의 달인이 아닌가. 그의 이름은 미부노 타다미네, 사랑의 시로
유명한 인물이다.

　당시 연인은 하룻밤을 보낸 뒤 사랑의 와카를 주고받았다.

둘의 사랑이 깊으면 깊을수록 더 빨리 편지를 전하고 싶었을 터. 그는 집으로 돌아가는 길에 참지 못하고 새벽달 아래 서서 붓을 들었을까. 밤새 뜨거운 사랑을 나누었기에 그녀의 품을 떠나 불어온 새벽바람이 더욱 차게 느껴졌으리라.

뛰어난 와카 백 편을 고른 『백인일수』로 유명한 후지와라 데이카도 사랑의 밀회 후 이 정도의 시를 노래할 수 있다면 평생 기억에 남는 추억이 되리라고 극찬했다. 그의 연애 시를 한 편 더 감상해볼까?

가스가 들판 녹는 눈 헤치고 솟아오르는
새순 끄트머리에 보이는 그대여

저 멀리 자그맣게 다가오는 사랑스러운 그이가 눈앞에 어른거리는 것만 같다. 딱히 사랑한다는 말도 보고 싶다는 말도 없지만, 녹는 눈을 헤치고 멀리서 그리운 사람이 다가오는 이미지를 바라보는 것만으로도 벅찬 사랑이 전해진다. 나쓰메 소세키가 I LOVE YOU를 달이 아름답네요, 라고 번역했다는 일화도 비슷한 예다. 영문학 교수 시절 소세키는 학생들에게 이 문장을 번역해보라고 했는데 나 그대를 사랑하오, 당신을 사랑하나 봅니다 등등밖에 나오지 않자 이렇게 말했다고 한다.

"일본인은 그런 직접적인 어휘를 쓰지 않습니다. 차라리 달이 아름답네요, 같은 게 나을 겁니다." 영국 유학 시절 그가 정리한 방대한 노트에서 "I love you는 일본인에게 없는 문구다"라는 글이 발견되었다니 아주 신빙성 없는 얘기는 아니다.

사랑을 에둘러 말하는 건 요즘 일본 친구들도 마찬가지다. 언젠가 내 친구 사와라는 내가 애인과 문자 주고받는 모습을 보고 말했다. "하트가 그렇게 많이 오다니 놀라워." 나는 되물었다. "그래? 사랑한다는 말 대신인데." 그녀가 대답했다. "나는 살면서 사랑한다는 말 같은 건 세 번쯤 들어봤을까?" "그럼 넌 사랑하는 마음이 들 때 뭐라고 말해?" "음, 날이 좋으니 같이 오토바이를 타자거나? 오늘 밤 너랑 먹는 카레가 특별히 맛나다거나?"

아무튼 타다미네 정도의 러브레터를 쓰는 능력도 흔하지는 않다. 오늘부터 사랑의 감수성 근육을 좀 키워볼까. 사랑의 언어도 기술적인 단련이 필요하다. 우리는 모두 좀 더 우아한 연애를 하고 싶으니까.

* 미부노 타다미네 壬生忠岑, 『고금와카집』

봄바람 불면 꽃향기 전해다오 나의 매화여

주인이 없다 해도 봄을 잊지 말기를

東風吹かば　匂ひおこせよ　梅の花

主なしとて　春を忘るな

도쿠리와 매화

찬 바람이 불면 따끈하게 데운 정종이 생각난다. 가까운 벗들과 중림동 한 이자카야를 찾았을 때다. 술맛을 아는 자가 도쿠리 한 병을 데워달라고 했다.

도쿠리는 작고 기다란 용기를 말하는데 주둥이가 좁아서 술을 따를 때 쪼르륵쪼르륵 소리가 난다. 일본말로 좁은 구멍에서 액체가 쪼르륵쪼르륵 흐르는 소리를 '도쿠토쿠とくとく'라고 한다. 이것이 도쿠리의 어원이라는 설이 있다. 도쿠리 주세요, 라

고 하면 쪼르륵 소리가 따라오는 기분이다. 도쿠리 옆에 따라 나오는 꼬마 술잔은 오초코라고 하는데, 그날 밤 새하얀 오초코 안에는 옅은 글씨로 와카 한 수가 적혀 있었다.

"동풍東風에 매화梅에 봄春. 한자는 읽겠는데, 무슨 뜻이죠?"

누군가 다가와 맑은 술 찰랑이는 오초코를 내밀며 묻는다. 이럴 때면 식은땀이 난다. 나름대로 일본 문학을 좀 안다 하는 사람이 술잔에 적힌 시 한 수쯤은 읽어줘야 하는데 싶어 들여다보니 다행히 내가 알고 있는 아주 유명한 와카였다. 휴우~ 잘난 체를 좀 해볼까.

"이건 천 년도 더 된 와카입니다. 어느 대학자가 정치 싸움에 휘말려 교토에서 다자이후(이건 말이죠, 당시 규슈 북부에 있던 행정기관. 지금의 후쿠오카 인근이에요)로 좌천될 때 마당에 있던 아끼는 매화에게 불러준 노래라고 합니다. 봄바람 불면 (서쪽 끝 규슈까지) 꽃향기 전해다오 나의 매화여 (너를 두고 가야 하는 내 마음 아프지만) 주인이 없다 해도 봄을 잊지 말기를. 살벌한 파벌 싸움에 밀려 겨우 목숨 건지고 떠나는 상황이니 매화나무를 이고 지고 머나먼 뱃길을 떠나기는 힘들었을 테지요. 누굴 원망하기보다는 그저 사랑하는 매화에게 나 없어도 서운해 말고 봄이면 그 아름다운 꽃을 틔워달라는 노래입니다. 일본 사람들은 그런 자포자기의 미학을 사랑하는 것 같아요. 그래서 술잔

에까지 새겨 넣고 매화 향기가 코끝에 닿는 듯한 기분을 안주 삼아 술을 마시는 거죠."

"오호!"

그때 우리의 코끝에 감도는 건 나가사키 짬뽕 국물 향이었지만, 이런 시를 읽고 나니 멀리서 매화 향이 은은하게 퍼지는 것도 같았다. 내가 기분 좋게 안도하며 술잔을 기울이는데, 그 사람이 또 묻는다.

"그런데 동풍이라는 한자 말이죠, 토후라고 읽어야 하나요, 하가시카제라고 읽어야 하나요?"

으음, 난이도 높은 독음 질문이다.

"아마도 히가시카제…… 겠지요(가만 마이동풍이라는 사자성어에서는 동풍을 토후라고 읽으니 토후이려나)?"

예부터 동풍은 봄바람이었다. 당나라 시인 이백이 이제 세상 사람들이 시에 귀 기울이지 않는다며 "봄바람이 말 귀를 스치는 것 같다"고 한 데서 마이동풍馬耳東風이 왔다. 남의 의견에는 관심도 없고 흥미도 없다는 뜻이다. 일본말로는 바지토후라고 읽는다.

다음 날 아침, 나는 불편한 마음으로 잠에서 깼다. 머릿속에는 어지러운 봄바람이 불었다. 그 와카, 동풍을 대체 뭐라고 읽지? 잠결에 더듬더듬 스마트폰을 찾아 어젯밤 와카의 원문을

검색했을 때, 나는 놀라지 않을 수 없었다. 헤이안시대에는 동풍을 코치라고 읽었구나! '코ㄷ'는 미미하다는 뜻에서, '치ㅎ'는 꽃이 흩날릴 때 쓰는 치루散る에서 왔다는 설이 있었다. 살랑살랑 불어오는 미미한 봄바람에 꽃잎이 흩날리는 이미지가 곧바로 떠오른다. 정말이지 배움의 세계란 끝이 없구나.

얼마 전 양재동 소재 중국집에서 다시 이 와카를 마주했다. 맛있게 자장면 한 그릇을 비우고 있을 때였다. 검은 자장이 군데군데 묻은 흰 그릇 안쪽에 익숙한 시 한 수가 눈에 들어왔다. "코치후카바東風吹かば……" 자장면 먹다가 이 와카를 읊게 될 줄이야. 의외로 우리 생활 구석구석에 와카가 있다.

작자인 스가와라노 미치자네는 일본 전역에서 추앙받는 학문의 신이다. 신사에서 대학 입시 합격 등을 기원할 때도 이 학문의 신에게 소원을 빈다. 자장면, 도쿠리, 매화, 봄바람, 학문의 신. 전혀 연관성 없어 보이는 것들이 우연히 이어지기도 하는 게 인간 세상인가 싶어 살짝 웃음이 났다.

* 스가와라노 미치자네, 『습유와카집拾遺和歌集』

드넓은 바다 무수한 섬 헤치며 노 저어 갔다고

내 소식 전해주오 어부의 낚싯배여

わたの原　八十島かけて　漕ぎ出でぬと

人にはつげよ　あまの釣舟

항해

어부도 아니고 어부의 낚싯배에 안부를 부탁한다. 의인법이
다. 일본인은 일상생활에서 동물이나 사물을 사람처럼 대하는
경우가 많은데, 이런 와카를 보면 세상 모든 만물에 마음이 깃
들어 있다고 믿는 그들의 생각이 오랜 전통이구나 싶다. 예를
들면 우리말 '~씨', '~님'에 해당하는 '상さん'을 구름이나 까마귀
에 붙인다거나("오늘 구름 씨의 모양을 보니 비가 오려나" "아침부터
까마귀 씨가 시끄럽게 우네") 책방이나 꽃집에 붙인다거나("책방님

에게 들렀다 갈게" "역 앞에 꽃집님이 새로 생겼네") 같은 흔한 말투에서도 의인법이 느껴진다.

이 와카는 배를 타고 멀리 유배를 떠나면서 지은 노래다. 드넓은 바다에 점점이 작은 섬이 흩어져 있고 그 사이를 헤치며 나아가는 크고 작은 배가 보인다. 그때 배에 타고 있던 남자의 눈에는 무심히 뭍으로 돌아가는 한 척의 낚싯배가 비쳤으리라. 그 배에 대고 두고 온 가족과 친구들에게 못다 한 말을 전해달라고 노래한다. 낚싯배가 엽서도 아니고 우편배달부도 아니지만 그 마음만큼은 상상이 간다.

남자는 당시 선진국인 당나라로 파견되어 문물을 받아들이는 역할을 맡았던 견당부사 오노노 다카무라. 그는 먼바다로 나아가는 배에 몸을 실었다가 두 차례나 난파되어 다시 본국으로 돌아오는 불행을 겪었다. 그 뒤 다시 당나라로 출항하라는 명을 받았지만 따르지 않았다. 그것이 유배 가게 된 이유다. 먼바다에서 목숨을 잃을까 두려웠던 것일까. 그에게는 우리가 영영 모를 또 어떤 사연이 있었으리라.

나는 몇 해 전 부산항을 출항해 오사카항으로 가는 배를 탄적이 있다. 그때 시모노세키를 지나 밤새도록 세토내해를 가로질러 갔다. 검은 바다를 달려 일본 열도의 첫 관문인 시모노세키항으로 들어서는 순간 배가 크게 한 번 덜컹했다. 큰 바다에서 내해로 들어오면서 물살이 바뀌었기 때문이라는 안내방송이 흘러나왔다.

시모노세키의 바닷가 마을을 두 눈으로 보고 싶어서 갑판으로 나갔다. 이미 해는 져서 온통 캄캄한데 항구 마을의 가로등이 드문드문 정겹게 반짝이고 있었다. 오후 세 시쯤 부산항을 출항한 배는 자정이 다 되어서야 처음으로 일본 마을에 닿았다. 사람은 보이지 않았다.

그렇게 세토내해를 열 시간쯤 유유히 가로질러 오사카항으로 향했다. 거대한 배에는 목욕탕이 있었다. 새벽녘 몸을 담근 선박 내 목욕탕 물은 생각보다 뜨거웠다. 꾹 참고 들어가 목까지 잠그니 나와 바다가 하나가 된 듯했다. 두꺼운 유리창 밖으로 멀리 우리 배만큼이나 커다란 배 한 척이 떠 있었다.

너도, 지난밤 무사히 항해를 마쳤구나. 어느 나라 항해선인지는 몰라도 같은 날 같은 바다에 떠 있는 친구가 반가웠다. 수증기 찬 유리창에 손가락을 대고 멀리 떠 있는 그 배를 따라 그려봤다. 저 배에는 또 얼마나 많은 사람의 얼마나 다양한 이야기가 실려 있을까. 내가 그린 실루엣은 언제까지 나와 함께 앞으로 앞으로 나아갔다.

* 오노노 다카무라小野篁, 『고금와카집』

반가운 해후 너인가 하였는데 알기도 전에

구름에 가렸구나 한밤중의 달인가

めぐり逢ひて　見しやそれとも　わかぬまに

雲がくれにし　夜半の月かな

해후

그리운 너를 이제야 만났는데 이토록 빨리 헤어지다니, 그건 정말로 너였을까. 달빛 비치기가 무섭게 구름 뒤로 사라지는 달처럼 너는 금세 내 시선이 닿지 않는 곳으로 사라지고 마는구나. 언뜻 안타까운 사랑의 시로 읽히지만 사실은 우정을 노래한 와카다. 세계적인 중세 러브스토리 『겐지 이야기』의 저자 무라사키 시키부가 남긴 노래다.

나는 『겐지 이야기』를 좋아해서 심심할 때마다 도서관에서 아무 권이나 잡히는 대로 뽑아 펼쳐 읽곤 하는데 어느 부분을 골라 읽어도 재미있다. 걸핏하면 눈물을 쏟는 히카루 겐지의 연애담에 웃다가 울다 보면 어느새 마음이 촉촉해진다.

궁궐에서 일하던 여성 무라사키 시키부는 일찍 남편을 잃고 홀로 어린 딸을 키워야 하는 신세가 되어 말도 못 하게 우울했다. 그런 인생의 허무함과 덧없음을 견디기 힘들어 무작정 써 내려간 이야기가 『겐지 이야기』다. 일본에서는 그들 특유의 이야기 형식을 '모노가타리物語'라고 하는데, 그녀에게 모노가타리는 우울한 현실의 도피처였다. 막막한 현실에 대한 반작용으로 모노가타리 속 세계는 한없이 낭만적이고 아름답게 그려졌다. 혼자 있길 좋아하는 내성적인 그녀에게 상상 속 사랑 이야기는 내면의 우울을 견디는 처방전이었다.

하지만 그 서책이 예상치 않게 큰 인기를 누리며 헤이안궁궐의 필독서가 되자 그녀는 부끄러워졌다. 사람들이 자신을 가벼운 여자라고 쑤군대진 않을까 걱정스러웠다. 『무라사키 시키부 일기』에 그런 고백이 쓰여 있다.

아무튼 구중궁궐에서 중궁을 모시며 뛰어난 문필가로 명성까지 얻은 무라사키 시키부에게도 어릴 적 동무가 있었다. 어릴 땐 네가 나이고 내가 너여도 이상하지 않을 만큼 격의 없고 가까운 사이였는데, 세월이 흘러 둘 사이에 다른 점이 많아졌다.

그중에서도 가장 큰 차이는 한 사람은 알려졌다는 것과 한 사람은 알려지지 않았다는 것.

당시 여인들은 세상에 얼굴과 이름이 알려지는 걸 두려워했다. 이름이나 얼굴을 알고 있으면 누구나 그 사람의 영혼으로 다가갈 수 있다고 생각했기 때문이다. 그것은 그녀들에게 아주 부끄러운 일이었다.

이름을 신성하게 여기는 문화는 지금도 남아 있다. 일본에서는 서로 통성명을 하고 사이가 가까워져도 아주 친한 관계가 아닌 이상 서로를 성으로 부른다. 성을 떼고 이름만 부르면 아주 내밀한 사이가 되었다는 뜻이다. 종종 일본 드라마에서 막 사귀기 시작한 연인이 "이제 너를 이름으로 불러도 될까?"라고 묻는 장면이 나온다. 그럼 서로 얼굴이 빨개져서는 손을 잡거나 키스를……

지금도 그러할진대 천 년 전에는 어떠했을까. 특히 여성의 이름은 깊은 바닷속 진주처럼 꼭꼭 숨겨져 있었다. 사실 무라사키 시키부도 본명이 아니다. 시키부는 궁중 직책명이고 무라사키는 『겐지 이야기』에 나오는 주인공 이름에서 따온 것이다. 그녀의 본명은 아무도 모르지만 무라사키 시키부라는 인물만큼은 널리 알려졌다. 천 년이 지난 지금도 일본에서 가장 위대한 작가로 꼽히고 있으니 말이다.

반면 그녀의 어릴 적 친구는 결혼을 하고 자녀를 낳으면서 이름뿐만 아니라 존재 자체가 집 안으로 숨겨졌다. 이름도 모르고 얼굴도 모른다. 그것이 당시 평범한 여인의 삶이었다.

그렇게 세상에 널리 알려진 친구와 세상에 꼭꼭 숨겨진 친구가 만났다. 서로가 얼마나 어색했을지 보지 않아도 상상이 간다. 아무리 어린 시절 추억을 공유하고 있다 해도 서로 오래 얼굴을 마주하는 게 쉽지는 않았겠지. 오랜만의 해후도 잠시, 친구는 달과 경주하듯이 돌아갔다. 그런 쓸쓸함을 담은 시다. 어른이 된 후 서먹해진 우정, 그 안타까운 마음. 세상의 규율이나 법칙 따위 생각하지 않고 서로가 서로를 아끼고 의지했던 시절은 이제 돌아오지 않으리라.

내게도 메구미라는 친구가 있다. 와세다대학 대학원에서 문학 수업을 들을 때 알게 된 두 학년 위 선배였다. 늦깎이 대학원생이던 나보다 일곱 살쯤 어렸지 싶다. 작은 체구에 조용한 성격이었지만 안경 너머로 뿜어나오던 그 카리스마란. 나는 농담 반 진담 반으로 그 아이를 메구미 선배(센빠이), 메구미 선배 하며 따라다녔고 그 애는 진짜로 의젓한 선배가 된 양 여어, 슌짱 하고 응답하며 매일 붙어 다녔다. 이상하게 그 애만큼은 처음부터 나를 그렇게 불렀다. 다른 일본 친구들은 졸업할 때까지 나를 정상(정 씨)이라고 불렀는데 말이다. 그래서 나는 메구미가 더 좋았다.

그 애는 이시카와 타쿠보쿠라는 시인을 연구했고, 나는 에도가와 란포라는 탐정소설가를 연구했기에 둘이서 근대문학 오타쿠처럼 도쿄 곳곳을 돌며 근대문학 산책을 한다거나 헌책방을 돈다는 핑계로 술을 마셨다. 미래의 직업이나 인생의 방향 같은 건 여전히 희미했다. 다만 그 애는 가족을 아주 소중히 여겼고, 나는 조금 덜했다.

그때 메구미는 체코에서 온 (순정만화에서 걸어 나온 것처럼 잘생겼는데 공부도 잘하는) 유학생과 사귀고 있었다. 문고본으로 가득한 메구미 방 침대에 드러누워 내가 물었다. 그 사람하고 결혼할 거야? 그러자 메구미는 자기가 그와 결혼해서 체코에 살면 엄마 아빠가 얼마나 쓸쓸하겠느냐, 장녀인 내가 언젠가는 부모님을 돌봐야 한다는 이상한 소릴 했다(내가 듣기엔 정말 그랬다). 나는 방방 뛰며 반대했다. 무슨 소리야, 사랑이 최고지. (아까 날 따뜻하게 맞아주신 아래층의 너희 엄마 아빠에겐 미안하지만) 세상에 네가 사랑하는 것을 포기할 만큼 소중한 것은 없어!

지금 메구미는 비슷한 눈을 가진 비슷한 체구의 일본 남자와 함께 정말로 부모님 집 근처에서 아이를 기르며 산다. 봄비 내리던 어느 날, 나는 오랜만에 메구미의 집을 찾았다. 멀리 꼬깔콘만 하게 후지산이 보이는 작은 빌라였다. 우리는 메구미의 세

살배기 아들 유토와 깔깔거리고 놀며 하루를 보냈다. 아이와 노는 것 말곤 다른 공유할 게 별로 없어 슬프기는 했지만, 내 친구 메구미는 행복해 보였다.

헤어질 때 역에서 날 배웅하는 메구미와 유토에게 손을 흔들며 뒤돌아서는데 웬일인지 눈물이 핑 돌았다. 이제 헤어지면 언제 다시 만날까. 반가운 해후는 예나 지금이나 구름 속으로 휑하니 숨어버린 달처럼 안타깝다.

* 무라사키 시키부紫式部, 『신고금와카집』

아리마산의 조릿대 들판에 바람이 불면
그래요 산들산들 어찌 그댈 잊을까

有馬山 猪名の笹原 風吹けば
いでそよ人を 忘れやはする

산들산들

잊지 못할 바람은 어느 여름날 가마쿠라 앞바다에서 불었다.
우크라이나에서 온 코필드와 중국에서 온 홍홍 그리고 나는
방학을 맞아 가마쿠라에 사는 다카하시 토시오 선생님을 찾아
뵙기로 했다. 다카하시 선생님은 오키나와, 아이누, 자이니치
등 경계 문학과 시대 서사, 전쟁 서사를 비롯해 연극, 만화, 영
화 등 장르를 넘나들며 일본 문화 전반의 지표를 연구하는 분
이었다. 그래서인지 특히 유학생에게 애정이 많으셨는데 늘 우

리에게 이렇게 말씀하셨다.

"너희는 기존의 알을 깨고 나올 만큼의 힘이 있다. 각자의 나라를 떠나 이곳에 모여 있다는 것부터가 그 증거다. 모든 문학은 자기 알을 어떻게 깨고 나오느냐에 대한 이야기다. 너희는 이미 그 첫발을 디뎠다."

일본 문학을 공부하는 외국인이라는 위치는 일본 친구들보다 언어나 기초 지식 면에서 당연히 부족할 수밖에 없기에 주변인이 되거나 위축되기 쉬웠다. 다카하시 선생님은 우리의 그런 소심한 마음을 단번에 날려주셨다. 또 적극적으로 책 읽기를 하자며 함께 독서 클럽을 만들어서 매달 화제의 책을 읽고 토론했다. 우리 셋은 그런 선생님을 늘 좋아했고 존경했다. 문학은 국경과 나이 따윈 관계없이 다 함께 열을 올릴 수 있는 장이었다.

가마쿠라역 앞에서 선생님을 만난 우리는 각자 들고 온 선물을 드렸다. 나는 야나카 명물 소금 센베, 홍홍은 자기가 사는 동네 요코하마 만두, 코필드는 근처 과일가게에서 산 푸른 포도 한 송이. 선생님은 그중에서도 코필드의 포도 한 송이를 제일 재미있어하셨다.

해 질 녘 가마쿠라는 산에서 바다로 불어 나가는 바람으로 선선했다. 가마쿠라 앞바다는 산으로 빙 둘러싸여 있기에 더운 여름날에도 바람이 멎지 않는다. 아름다운 자연경관과 이를 해치지 않는 건축물이 조화롭다. 가와바타 야스나리를 비롯해 많은 문인이 이곳에 터를 잡고 살았다.

선생님은 단골 꼬치구이 가게로 우리를 데려가셨다. 극작가 이노우에 히사시가 늘 저쪽 구석에서 문고본을 읽으며 꼬치구이를 먹곤 한다면서 오늘은 안 왔군, 하셨다. "어려운 것을 쉽게, 쉬운 것을 깊게, 깊은 것을 재미있게"라는 그 유명한 명언을 중얼거리는 소리가 들려오는 듯했지만 아쉽게도 그는 그 이듬해 세상을 떠났다. 내가 한국에 돌아와 이노우에 히사시의 희곡 『아버지와 살면』을 번역해 책으로 펴낸 것도 그의 작품을 아꼈던 다카하시 선생님의 영향이었다.

마침 엊그제 부산의 한 극단에서 연락이 왔다. "번역하신 『아버지와 살면』 잘 읽었습니다. 그걸 각색해서 부산에서 공연하고 싶어요. 히로시마 원자폭탄 사건을 배경으로 한 이 작품이 대한민국 국민에게 씻을 수 없는 아픔을 남긴 세월호 사건과 맥이 닿는다고 생각합니다."

이 전화를 받고 묘하게 그날의 꼬치구이 가게 풍경이 떠올랐다. 사람들에게 큰 관심을 받지는 못할지라도 책을 만든다는 일이 얼마나 소중한지, 얼마나 다양한 스펙트럼으로 파장을 만들어내는지 새삼 생각했다.

그날 닭꼬치에 생맥주로 실컷 배를 채운 우리는 천 년 전 가마쿠라에 처음 도시가 세워졌을 무렵부터 마을의 중심 역할을 했던 거대한 신사 쓰루가오카하치만구를 찾았다. 해는 져서 사위가 캄캄했다. 높은 계단을 올라 바다 쪽을 보니 밤하늘 아래로 반짝이는 불빛이 보였다. 아마도 오징어잡이 배이리라. 우리는 신사에서 뽑은 오미쿠지(운세가 적힌 종이) 하나씩을 들고 산바람에 산들산들 나뭇잎 흔들리는 소리를 들으며 한동안 멀리 밤바다를 바라보았다. 큰 키에 듬직한 체구로 곁에 서 계신 다카하시 선생님이 마치 달빛에 잠긴 학문의 신처럼 보였다.

"너희 셋이서 함께 열심히 공부하면 석사 시험 통과는 문제없을 거다. 다만 평생 지치지 않고 공부를 할 수 있느냐가 문제겠지. 서두르지 말고 꾸준히 나아가자."

그래요 산들산들, 그래요 산들산들. '그래요(そうよ 소우요)'와 '산들산들(そよそよ 소요소요)'은 발음이 비슷해서 이 와카의 원문 '소요そよ'는 그 두 가지 뜻을 모두 나타낸다. 소우요, 소요소요, 그래요, 산들산들, 꾸준히 나아가겠습니다.

* 다이니노 산미大貳三位, 『후습유와카집後拾遺和歌集』

봄날 들판에 제비꽃 따러 와서 둘러보다가

들판이 맘에 들어 하룻밤 묵어가네

春の野に すみれ摘みにと 来し我ぞ
野をなつかしみ 一夜寝にける

보랏빛

제비꽃의 계절이면 길을 걷다 시멘트벽과 아스팔트 도로 사이에 간신히 핀 한 송이 제비꽃만 봐도 발길이 멎는다. 아, 박수라도 쳐주고 싶지만 조용히 바라본다. 그러고 있으면 웃고 싶기도 하고 울고 싶기도 하다. 그 연하고 은은한 보랏빛 때문일까. 아무튼 나는 제비꽃을 좋아하는 사람을 싫어할 수가 없다. 문호 나쓰메 소세키는 『나는 고양이로소이다』를 쓰던 무렵 이런 하이쿠를 남겼다.

제비꽃처럼 조그만 사람으로 태어나고파

백 년도 더 전에 시시한 인간을 조롱하는 고양이 캐릭터를 탄생시킨 작가답다. 당시 그는 인간 세상에 환멸을 느끼고 있었다. 배웠다는 인간도 성공과 출세를 위해 자기 몸집 불리기에 여념이 없지 않은가. 가소롭구나, 인간이여. 그런 이야기이다. 아이러니하게도 소세키는 이 고양이 소설로 유명 작가가 되었다. 제비꽃처럼 조그맣고 싶었는데 고양이의 입을 빌어 크게 되고 말았다.

일본에서는 제비꽃을 '스미레すみれ'라고 부른다. 어원을 찾아보니 목수가 먹줄을 치는 데 쓰는 먹통을 뜻하는 '스미이레墨入れ'와 꽃 모양이 닮은 데서 왔다고 한다. 이 와카는 8세기에 지었으니 천 년도 넘은 오래된 이름이다. 그런데 오늘날 쓰는 목수의 연장이 천 년 넘게 그대로 일 리가? 하고 의심하는 사람도 있다. 다른 설로는 초봄 들판에서 풀을 뜯는 풍습에서 왔다는 것. 뜯는다는 뜻의 '쓰무摘む'에서 이 풀을 '쓰미쿠사摘み草'라고 불렀는데 이 '쓰미'가 '스미'로 변했다는 이야기다. 옛날에는 제비꽃도 봄풀로 맛있게 먹었나 보다. 하지만 나는 혼자 '스미레'가 은은하게 '스미는' 꽃이라고 생각해본다.

우리는 왜 제비꽃이라고 부를까. 봄이 오면 날아오는 제비와

관련이 있나 본데 제비가 보이면 피는 꽃, 제비가 물어오는 꽃이라서 붙었다고 한다. 요즘 서울은 제비가 오지 않는 삭막한 곳이라 언젠가는 제비꽃도 오지 않는 게 아닐까 벌써부터 걱정스럽다. 다음 생에는 제비꽃으로 태어나볼까. 아, 잠깐 상상만 했는데도 조금 힘겹네. 아스팔트의 제비꽃은⋯⋯.

하루는 봄날 공원에서 제비꽃과 비슷하게 생긴 작은 보랏빛 별 무리를 보았다. 사진을 찍어 다음 포털에서 꽃검색을 해보니 기함할 이름이 나왔다. 개불알풀일 확률 칠십 퍼센트, 큰개불알풀일 확률 삼십 퍼센트. 뭐라고! 열매가 개의 불알을 닮아서 붙여진 이름이란다. 열매 사진을 보니 확실히 닮긴 닮았군. 그래도 이렇게 귀여운 꽃을 보며 동물의 거시기를 떠올리고 싶진 않다고!

너무 슬퍼서 새 이름을 공모하자고 트위터에 제안했더니 발빠른 친구가 알려준다. "이미 새로 바꿔 부르기로 했답니다." 봄까치꽃. 살았다! 제비꽃의 친구, 봄까치꽃. 어울리는 이름이다. 봄까치꽃처럼 봄날 들판에 은은하게 스미는 마음으로 살고 싶다. 미안, 혼자 너무 감상에 젖었지?

* 야마베노 아카히토, 『만엽집』

쓰쿠바산의 정상에 흐르는 물 강을 이루듯

내 사랑도 쌓이어 깊은 못이 되었네

_{つくばね} _{みね} _お _{みなのがわ}
筑波嶺の 峰より落つる 男女川
_{こひ} _{ふち}
恋ぞつもりて 淵となりぬる

어른의 산

도쿄 아키하바라역에 가면 쓰쿠바익스프레스라는 노선이 있다. 이 열차를 타면 곧장 쓰쿠바산까지 갈 수 있다. 도쿄에서 동북쪽으로 한 시간쯤 걸린다. 언젠가 지인과 쓰쿠바산으로 등산을 간 적이 있는데 이상하리만치 산에 대한 기억은 조금도 없다. 대신 쓰쿠바익스프레스를 타고 넓은 평원을 끝도 없이 달리며 바라보던 평온한 바깥 풍경만 떠오른다. 아마도 나와 잘 맞지 않는 산이었나 보다.

그런데 이번에 와카를 찾아보다가 그 산에 놀랄 만한 이야기가 숨어 있다는 사실을 알게 되었다. 쓰쿠바산은 고대로부터 남녀 간의 사랑이 이루어지는 곳이었다. 산 정상은 난타이산男体山과 뇨타이산女体山 두 봉우리로 나뉘고 여기서 흘러나온 물줄기가 하나가 되어 미나노강男女川을 이룬다. 남체의 산과 여체의 산이 만나 하나의 물줄기를 이룬다니. 사랑의 상징이 대단히 직접적이다. 남성과 여성을 상징하는 산봉우리에서 흘러나온 물이 하나의 강을 이루는 모습은 자연에서 발현한 거대한 사랑을 의미한다.

고대에는 이 산에서 남녀가 만나 춤을 추고 성교를 하는 축제가 있었다. 봄가을마다 젊은 남녀가 단체로 모여 신에게 제사를 올리고 구애의 노래를 부르며 서로 마음이 맞는 이를 만나 뜨거운 밤을 보내는 숲이었다! '우타가키歌垣'라고 부르는 이 풍습으로 인해 쓰쿠바산은 오래전부터 뜨거운 사랑의 상징이었다.

그런 의미에서 이 와카는 한 남자가 훗날 아내가 될 여인에게 보내는 정열적인 러브레터다. 당시 교토 사람들에게 머나먼 동쪽 나라 쓰쿠바산은 평생에 한 번 가보기 힘든 원시의 산이었다. 그럼에도 산과 산이 만나 용울음을 치듯 격렬한 사랑이 이루어지는 곳이란 소문을 익히 알고 있었기에 에로틱한 쓰쿠바산을 와카에 넣어 연인에게 뜨거운 마음을 전했다.

이토록 관능미가 용솟음치는 산이었다니. 내가 쓰쿠바산에 올랐음에도 그 산을 전혀 기억하지 못하는 것은, 어쩌면 그때 내 상태가 격렬한 사랑과는 거리가 있었기 때문일지도 모른다. 글쎄, 지금 다시 오른다면 조금은 다르게 다가오려나?

산에서 남녀가 짝짓기한다는 게 요즘 기준으로는 에구머니나, 남사스럽게! 이겠으나 아주 먼 옛날에는 자연스러운 일이었다. 사실 '어른'이라는 말도 성행위를 나타낸다. 어른은 '얼운'이 변한 말인데 옛말 '얼우다'는 남녀가 몸을 섞어 육체적으로 결합한다는 뜻이다. 말하자면 어른은 성교하는 사람. 산에 올라 뜨겁게 '얼우는' 사람은 어른이 된다. 그때 나는 아직 어린이였던 것 같다.

* 요제이인陽成院, 『후찬와카집後選和歌集』

까치가 놓은 다리 위 내린 서리 새하얗구나

넋 놓고 바라보다 밤이 깊어버렸네

かささぎの　渡せる橋に　おく霜の
白きを見れば　夜ぞ更けにける

호랑이를 타고

언니, 그거 알아요? 그렇게 보고 싶은 사람이 바로 저기 있는데, 당장이라도 달려가서 꼭 껴안고 싶은데 그냥 멀리서 그리워할 수밖에 없어요. 그런 마음 알아요? 사진이라도 있으면 좋을 걸. 그럼 보고 싶을 때 꺼내서 얼굴이라도 볼 텐데. 오다 잡힐까봐 사진도 못 가져왔어.

신림동 술집이었지, 아마. 우리는 식은 번데기탕을 앞에 놓고 그런 이야기를 하고 있었다. 맑은 소주잔에 뚝뚝 떨어지는 그 아이의 눈물이 가슴 아파서 같이 울었다.

성북동 한국순교복자성직수도회에서 만난 그 아이는 함경북도에서 왔다. 열두 살인가 열세 살에 집을 떠나 두만강을 건넜다가 중국 공안에 잡혀 북송되었고 목숨을 건 탈출 끝에 한국에 정착했다. 나는 그 아이를 만나고, 그전에는 알지 못했던 많은 것을 알게 되었다.

그 아이에게도 살구를 따 먹고 찔레꽃 같은 노래에 맞춰 춤추던 동네 친구가 있다는 것, 예뻐지고 싶어 고슴도치 털을 뽑아 귀를 뚫은 추억이 있다는 것, 마당에서 각종 채소를 키우고 밤마다 동치미 한 사발 마시는 걸 낙으로 여기는 딸 바보 아버지가 있다는 것, 기타를 잘 치는 어머니와 겁이 많은 오빠와 원피스를 잘 만드는 고모가 있다는 것, 나와 다를 바 없이 소중한 사람과 함께 나눈 반짝이는 유년이 있다는 것. 그 아이의 입을 통해 그 아이의 추억을 공유하면 할수록 분단이 아팠다.

그 아이가 집을 떠난 이유는 충분히 공감되었다. 내가 그런 사람이니까. 나도 어딘가에 얽매여 사는 게 죽기보다 싫은 사람이니까. 누군가의 감시를 받으며 시키는 대로 고분고분 사는 게 끔찍하게 싫은 사람이니까. 복장은 단정해야 하고, 치마는 너무 짧아선 안 되고, 여행은 당국의 허락을 받아야 떠날 수 있으며, 태어난 토대에 따라 결혼과 직업과 인생의 항로가 결정

된다. 사랑하는 가족을 떠나야 한다 해도, 고국에서 배신자 소리를 듣는다 해도, 최악의 경우 등허리로 총알이 날아온다 해도 나 역시 자유를 찾아 떠났을 테다.

이 와카에 나오는 까치가 놓은 다리는 칠월칠석 설화에서 왔다. 견우와 직녀의 슬픈 운명처럼 보고 싶은 사람을 지척에 두고 보지 못하는 쓸쓸함을 노래한 시다. 보고 싶은 사람을 만나게 해준 은혜로운 까치들은 어디쯤 있을까.

남과 북 사이에 놓인 다리가 아직은 꽁꽁 얼어 건널 수 없다. 보고 싶은 사람은 볼 수 있고 만나고 싶은 사람은 만날 수 있는 시절에 살고 싶다. 오작교에 쌓인 서리가 녹는 날, 그 아이는 보고 싶은 가족과 친구를 만나 활짝 웃을 테고, 나도 말로만 듣던 함경북도의 살구와 동치미 맛을 볼 수 있으리라.

나는 북녘땅에 연고가 있는 사람은 아니지만 넋 놓고 바라만 보다 영원히 멀어지는 건 아닐까 걱정이 된다. 얼마 전 술자리에서 우연히 만난 한 친구는 이렇게 말했다.

"북한은 이제 한국과 아예 다른 나라라는 생각이 들어요. 저한테는 아프리카 케냐보다 더 먼 나라 같은 느낌입니다."

슬프지만 우리는 이토록 빠르게 멀어지고 있구나. 수천 년 동안 같은 언어와 신화와 이야기를 공유하며 같은 음식을 먹고 같은 문화를 향유하던 사람들이 겨우 반세기 만에 이렇게 멀어진다. 수천 년을 단방에 끊어버리는 이데올로기의 칼이 무시무시하다.

몇 달 전인가 서초동 국립중앙도서관에 가서 재미있는 북한 소설이 있나 하고 찾아봤다. 작가의 문체나 묘사력은 힘이 있고 정교했지만 소설 동화 할 것 없이 주체사상을 지탱하기 위한 도구로 전락해 있었다. 분단 전 그 땅에는 그토록 아름답고 위대한 시인과 작가가 많았는데 말이다. 아깝고도 안타깝다.

남과 북 사이에 작은 오작교라도 만들기 위해 나는, 무엇을 해야 할까. 나는 아무래도 곰과 호랑이가 마늘을 먹는 단군신화를 배우고, 아버지를 아버지라 부르지 못하는 홍길동을 읽으며, 아리랑 아리랑 아리랑 고개를 넘어간다는 심정을 이해하는 북녘땅 사람들이 나와 다르다는 생각이 들지 않는다. 커다란 호랑이 등에 올라 한라산부터 백두산까지 거침없이 내달리고 싶다.

* 오토모노 야카모치大伴家持, 『신고금와카집』

나니와 개펄 갈대의 짧디짧은 마디만큼도

당신을 못 만나고 지내란 말인가요

難波_{なには}がた　短_{みじ}かき蘆_{あし}の　ふしの間_まも
逢_あはで此世_{このよ}を　すぐしてよとや

짝수와 홀수

저더러 어쩌란 말입니까, 이렇게 사랑하는데, 이렇게 보고
싶은데⋯⋯. 기다려도 오지 않는 야속한 사람에게 띄우는 원망
의 시다. 나니와는 오사카의 옛말로, 지금은 철제 컨테이너로
빼곡한 오사카항이 갈대숲으로 우거진 시절이었다. 갈대숲에
바람이 불면 우수수 쓸쓸한 울음소리 같은 것이 들렸을까. 흔
들리는 갈대, 그것의 짧은 마디 하나를 시간으로 형상화했다.
관념의 형상화다.

일본은 현대사회에서도 관념을 형상화하는 일이 종종 있다. 예를 들면 결혼식 축의금. 결혼식 축의금을 두 장이나 네 장처럼 짝수로 내면 실례라는 통념이 있다. 짝수는 둘로 잘 쪼개지기에 신랑 신부가 갈라서는 이미지가 떠오르기 때문이다. 이건 뭐랄까, 봉투에 든 돈을 관계로 형상화한 것이다. 만약 축의금으로 이만 엔을 낸다면? 일만 엔권에 인쇄된 학문의 아버지 후쿠자와 유키치가 신랑 신부를 업고 서로 반대쪽으로 달아나는 이미지가 연상된다.

몇 년 전 친구 메구미 결혼식에 참석할 때, 나는 축의금 봉투에 오천 엔권 세 장을 넣었다. 일본 결혼식은 보통 적은 손님을 초대해 매우 성대하게 치르기에 십오만 원은 조금 적다 싶은 금액이었지만, 난 비행기와 숙박 부담이 있었기에 괜찮으리라고 생각했다. 오천 엔권에는 소설가 히구치 이치요가 있다. 히구치 이치요는 두 사람을 뿔뿔이 헤어지게 하는 일 없이 어쩌면 아이까지 세 식구가 오래오래 행복하도록 부부를 꽉 묶어주리라.

작년 봄에 또 다른 친구의 결혼식이 있어 히구치 이치요 세 장을 담아 인연을 축하했는데, 누군가 내 테이블로 다가와 교통비를 준비했다며 분홍빛 봉투 하나를 주고 갔다. 그런데 숙소로 돌아와서 열어 보니 후쿠자와 유키치가 둘이나 들어 있는 게 아닌가! 이런, 축의금 일만 오천 엔을 내고 이만 엔을 받아

왔구나. 친구가 정성을 다해 준비한 결혼식에 가서 맛있는 식사를 하고 돈까지 받아 돌아온 꼴이었다.

요코가와 군, 두 장을 주면 어떻게 해? 우정에 금이 가잖아!

* 이세(伊勢), 『신고금와카집』

2장
번역가의 작업실

자길 버리는 사람이 진정으로 버리는 것인가

못 버리는 사람이 버리는 것이라네

身を捨つる 人はまことに 捨つるかは

捨てぬ人こそ 捨つるなりけれ

각오

종종 책을 읽다가 머리를 한 대 얻어맞은 것처럼 큰 충격을 받을 때가 있다. 놀라움에 전율하며 그 순간을 오래오래 기억할 때가 있다.

십여 년 전 도쿄 단고자카 언덕 아래 모리오가이기념도서관에서 나는 그런 경험을 했다. 어스름 저물녘이었고, 책을 읽다가 머리가 멍해져서 고개를 뒤로 젖혔던 기억이 난다. 형광등이 너무 밝아 눈을 감았는데 촉촉한 것이 흘러 당황했다. 한국과 일본 사이에 이렇게 슬픈 연인도 있었구나. 박열과 가네코 후미코를 그때 처음 알았다.

내가 집어 든 책은 일본 미스터리의 거장 마쓰모토 세이초의 논픽션 『쇼와사발굴』. 쇼와시대(1926~1989)에 일어난 크고 작은 사건을 현미경으로 들여다보듯 세밀하게 묘사한 르포르타주다. 작가 미야베 미유키는 세이초의 논픽션에서 영향을 받았다고 밝힌 바 있다. 사건을 징그러울 만큼 조각조각 해부하는 기술이 닮았다.

도서관 벽면에 죽 꽂힌 『쇼와사발굴』 열세 권에는 지나간 사건의 진실이 있었다. 세이초는 칠 년 동안이나 이 작업에 매달렸다. 일본 사회의 어두운 베일을 벗기는 데 자신을 내던진 것이나 마찬가지였다. 잡지 『주간문춘』에 연재됐는데(1964~1971), 시간의 돌에 눌려 잊혀간 일이 그만의 꼼꼼한 문체로 재조명되어 큰 반향을 불러일으켰다. 나는 『쇼와사발굴』을 읽으면서 눈에 끼어 있던 비늘이 후드득후드득 떨어지는 소리를 들었다. 보이는 것이 전부가 아니다. 세이초는 나를 일깨운 여러 선생 가운데 한 사람이다.

이 논픽션의 주인공들은 목숨을 걸고 자기 신념을 지킨 검사, 작가, 운동가이다. 예를 들어 한 이등병은 당시 만연했던 부락민 차별에 맞서 싸운다. 부락민이란 백정이나 장의사처럼 차별받는 직업군 사람을 뜻하는데, 에도시대(1603~1867) 지배층 무사가 피지배층 백성을 효과적으로 다스리기 위해 인간을 가축처럼 차별하도록 조장한 데 기인한 문화라고 세이초는 말한다. 부락민은 더러운 피가 흐르기에 사회 진출도 어렵고 결혼도 기피 대상이다. 평민은 부락민을 차별하는 것으로 자기 위치에 안도한다. 이 뿌리 깊은 봉건문화는 지금도 사라지지 않았다. 군부대에서 이런 부조리에 맞서 인식의 전환을 꾀하는 이등병의 사투가 눈물겹다.

여러 사건 가운데서도 가장 기억에 남는 건 「박열대역사건」이다. 한국에서 영화로도 만들어진 독립운동가 박열과 그를 사랑한 일본인 여인 가네코 후미코의 이야기다. 후미코는 재판장에서 이렇게 말한다.

"내가 박열과 동거한 것은 박열이 조선인이라 존경했기 때문이 아니요. 혹은 동정했기 때문도 아니요. 박열이 조선인이고 내가 일본인이라는 국적을 완전히 초월한, 동지애와 성애가 일치했기 때문이오."

좋아하는 것을 용감하게 좋아하고 사랑하는 것을 용감하게 사랑한다. 자신이 말하고 싶은 것을 어느 때고 당당하게 말한다. 이 단순한 아름다움을 자기 목숨 걸어야 얻을 수 있다면……. 결국 이 위풍당당한 커플은 암살 폭탄테러를 준비했다는 죄명으로 물증도 없이 무기징역에 처해진다. 박열은 해방까지 이십 년을 옥살이했고, 후미코는 감옥에서 뜨개질하던 실로 목을 매어 숨졌다. 후미코의 유골은 박열의 고향인 경상북도 문경시 마성면 산자락 무덤에 묻혔다.

"자길 버리는 사람이 진정으로 버리는 것인가."

천 년 전, 인간 세상에 이 물음을 던진 건 헤이안시대를 풍미한 가인 사이교 법사다. 궁궐에서 촉망받는 젊은 무사였던 그는 어느 날 칼을 버리고 교토 요시노산으로 들어간다. 당신은 왜 누구나 부러워할 만한 인생을 버리고 산으로 들어가요? 그렇게 묻는 세인들에게 사이교는 말하고 싶었으리라.

"못 버리는 사람이 버리는 것이라네."

그날 도서관을 나오며 나는 내가 움켜쥔 것을 생각했다. 놓치고 싶지 않아 아등바등한 것을 생각했다. 손을 펴면 모두 날아가 버리고 말 것을 위해 나는 살아야 할까. 아무리 보잘것없는 나라고 해도 가슴속에는 아무도 모르게 큰 뜻을 품고 살아가자. 그 수밖에는 없다. 그런 각오로 집에 돌아가는 길은 바람이 찼지만 가슴만은 뜨거웠다.

누구나 인생에서 한번은 비장한 각오를 하게 되는 날이 온다. 일상에 함몰되지 않는 뜻, 두려움에 쪼그라들지 않는 의지, 그런 것을 담대하게 키워나갈 시간이 없다면 어느 날 문득 자신이 서 있는 자리가 낯설어질지도 모른다. 누구나 수도자나 혁명가가 될 필요는 없지만 그렇다고 얇디얇은 샤프심처럼 톡 부러지는 마음으로 사는 건 멋없으니까. 나도 살면서 어느 순간, 어느 시절, 어느 국면에 나름의 정의를 소신 있게 펼쳐 보이는 사람이 되고 싶다.

그나저나 『쇼와사발굴』은 아직 국내에 번역되지 않은 것 같다. 총 열세 권. 번역하는 사람도, 편집하는 사람도, 출판하는 사람도 아마 자길 버릴 각오로 덤벼야 완간할 수 있겠지.

* 사이교西行, 『사화와카집』

세월 흐르면 다시금 이때가 그리워질까

괴로웠던 그 시절 지금은 그리우니

永^{なが}らへば またこの頃^{ころ}や しのばれむ

憂^うしと見^みし世^よぞ 今^{いま}は恋^{こひ}しき

책의 수레바퀴

어떻게 하면 번역가가 되느냐는 질문을 가끔 받는다. 회사처럼 면접을 보는 것도 아니고, 시험이나 공모전이 있는 것도 아니고, 구인구직 공고를 내는 것도 아니니까. 세월 흐르면……이라는 와카가 나온 김에 이야기를 해보자.

어릴 땐 소설가가 되고 싶었다. 집에 있던 예순 권 분량의 동서세계문학전집 한 질이 그 발단이었다. 돌아가신 아빠의 유품 비슷한 것이었는데, 만약 심심해 죽을 것만 같던 나의 열 살 언

저리에 세로 두 단 빼곡한 그 문학전집을 몇 번이고 돌려 읽지 않았더라면 이토록 소설을 향한 열망이 타오르지는 않았으리라. 그 기억은 수십 년이 흘러도 썩지 않는 씨앗 같아서 지금도 내 안에 원형 그대로 남아 있다. 아빠가 문학전집을 구매할 때는 자신이 죽은 뒤 어린 딸에게 그게 어떤 의미가 될지 전혀 예상하지 못했겠지만, 그 시절의 독서는 내 모든 것의 밑거름이 되었다.

대학을 졸업하고 생활을 위해 여러 일을 전전하는 사이 책과의 거리는 멀어졌다. 그나마 재미있을 듯해 시작한 포털사이트 기자, 방송작가, 기업홍보 같은 일이 하나도 재미가 없었다. 일터에서도 근처 도서관으로 달려가 책에 파묻혀 있고만 싶었다. 울고 싶을 만큼 그랬다. 그래서 퇴근 후 카페에 들러 소설을 쓴다 어쩐다 해보았지만 뭔가 부족했다. 더 완전하게 빠져들고 싶었다. 나의 모든 시간과 노력을 쏟아붓고 싶었다. 그런 때였다.

스물아홉 되던 해, 나는 그동안 모아둔 돈을 들고 일본으로 갔다. 새로운 나라, 새로운 언어라면 어디든 괜찮다는 마음이었지만 일본이 출판 왕국이라는 게 본능적으로 좋았다. 정말 아무런 계산 없이 그랬다. 그곳에서 본격적으로 문학 공부를 시작했다. 생활비는 한국어 개인 교습으로 충당했다.

많을 땐 한 달에 열네 팀가량을 가르쳤다. '오뎅'이라는 고양이를 키우는 언니, 스모 깃발을 만드는 모녀, 한일 부부 자녀의 초등생 남매, 항공사 스튜어디스, 한국인 남자친구와 결혼을 준비하는 일본인 예비 신부, 작은 아파트에서 홀로 딸을 키우며 사는 아주머니 등등 다양한 사람을 만나 가나다라를 가르치며 인연을 쌓았다. 그만큼 나의 일본어도 풍성해졌다.

여기서 운명의 수레바퀴가 나를 위해 굴러주었는데, 석사 논문을 쓰고 있을 즈음 함께 공부하던 후배 혜수가 누군가를 소개했다. 당시 도서출판b에서 기획을 맡고 있던 평론가 조영일 선생이었다. 나로서는 이케부쿠로의 한 대중주점에서 만난 그가 난생처음 본 '출판하는 인간'이었다. 또 다른 후배 재원과 함께 셋이서 떨리는 마음으로 만났다. 어쩌면 마냥 좋아서 도서관에 붙어 있던 나날이 세상에 쓰일 기회일지도 몰랐다.

조영일 선생은 다자이 오사무 전집을 번역해달라고 말했다. 출판사로서도 모험이었을 것이다. 믿어주세요! 그런 말을 뱉으면서도 그게 정말 무슨 뜻인지는 나중에 알았다. 우리는 삼 년 동안 할 수 있는 모든 것을 그 전집 번역에 바쳤다. 그땐 참 괴로웠는데, 지금은 이렇게 그리운 걸 보면 세월 흐르면 다시금 이때가 그리워질까. 이 와카 그대로의 마음이다.

그렇게 다자이 오사무 전집이 한 권 두 권 세상에 나왔다. 이 전집이 나오면 세상이 뒤집히리라는(우리끼리 생각으로는 우리의 번역이 너무도 훌륭했으므로) 예상과 달리 사뭇 조용하고 평범한 반응. 그래, 그럴 수 있어. 하지만 시간이 지나면 사람들도 알아줄 거야. 우리가 죽어 없어져도 우릴 뛰어넘는 다자이 오사무 전집은 한국에 없을 거야. 서로를 거창하게 위로하며 번역을 마쳤다. 하지만 여전히 우리의 빛나는 업적을 보고 제발 번역을 해달라며 연락하는 출판사는 어디에도 없었다. 그러던 중 나는 두 번째 '출판하는 인간'과 접속하게 되는데…….

우연히 서점에서 골라온 『마이 코리안 델리』라는 책이 연결점이었다. 뉴저지에 사는 한 미국 언론인이 한국인 장모와 함께 슈퍼를 운영하는, 필시 실화를 바탕으로 했을 법한 내용이었다. 나는 그 책이 정말로 재미있었다. 그러다 책을 펴낸 정은문고의 홍보 트윗을 읽었다. 아, 이 책, 정말 재미있게 읽었습니다. 별생각 없이 멘션을 달았는데 놀랍게도 출판사에서 연락이 왔다. "어, 다자이 오사무 『만년』을 번역하신 분이죠? 우리하고도 한 권 하시죠?" 그렇게 『장서의 괴로움』을 번역하게 되었다.

세 번째 '출판하는 인간'은 당시 위즈덤하우스의 편집자(지금은 멀리깊이 출판사 대표) 박지혜 씨였는데, 오에 겐자부로의 『읽는 인간』 번역을 의뢰했다. 앞서 책을 만든 출판사로부터 연락처를 받았다고 했다.

보통 첫 계약을 하는 출판사와의 만남은 이렇게 이루어진다. 편집자가 나의 이전 작업물을 읽는다. 마음에 든다. 그러면 그

출판사에 연락해 나의 정보를 묻는다. "당신이 만든 모모 책 잘 읽었다. 여긴 모모 출판사인데, 모모 번역가와 어떻게 하면 연락을 취할 수 있을까?" 나는 이렇게 내가 모르는 곳에서 내 작업을 둘러싼 이야기가 오고 가는 순간을 상상하길 즐긴다. 그 책을 번역하는 동안 홀로 싸웠던 시간이 보상받는 기분이다.

다만 박지혜 편집자는 조금 이상한 이야기를 꺼냈다. "번역가님이 예스24에 쓰신 댓글을 보고 확신을 얻어 연락드리게 되었습니다." 예? 나는 놀라지 않을 수 없었다. 그 글은 세상이 나에게 왜 이리 가혹하냐며 반쯤 울고 반쯤 절규하며 쓴 것이었다. 다자이 오사무의 『만년』은 내가 처음으로 혼자 번역해 세상에 내놓은 책이다. 그런데 거기에 이상한 리뷰가 달렸다고 출판사에서 전화가 왔다. 내가 황당한 번역가라는 이야기였다. 이유인즉 쓰가루 사투리를 전라도 사투리로 번역해서 나의 사상이 의심스럽다는 내용이었다. 세상에. 이 작은 나라는 아직도 전라도와 경상도, 그걸 쪼개서 패를 나누고 있구나. 나는 그 리뷰를 보고 너무 화가 나서 대략 이런 댓글을 달았다.

"…… 1. 쓰가루 사투리를 표준어로 번역한다. 이것만은 피하고 싶었습니다. …… 다자이의 저작 의도와 그 맛을 충분히 살릴 수 없을 것이라고 생각했습니다. …… 2. 쓰가루 사투리를 국내 많은 번역본이 그러하듯 경상도 사투리로 번역한다. 이것은 제가 마지막까지 고민하던 부분이었습니다. …… 앞으로 나올 다자이 전집 속에 오사카 사투리도 있을 것이고 하카타 사투리도 있을 것이고 그 다양한 사투리를 모두 경상도 사투리로 번역한다? 다자이의 출신상 쓰가루 사투리가 가장 많겠지만, 어쩐지 제 느낌으로는 황량하고 쓸쓸한 쓰가루를 생각할 때 전라도가 더 어울리겠다고 생각했습니다. …… 결국 전라도 사투리를 쓴 것은 '어쩐지 그런 제 느낌'에 의한 것이니 황당무계하지 않다는 말씀도 못 드리겠지만, 분명한 것은 앞으로도 저는 이러한 제 소신과 느낌에 따라 다자이 오사무 전집을 매우 신중하고 겸허하게 그러나 다자이 아저씨처럼 위트를 잃지 않고 번역할 거라는 것입니다. 마지막까지 차곡차곡, 한 발 한 발이요. ……"

어떤 편집자는 이걸 읽고 번역가로서 믿음이 생겨 연락을 주었다니. 리뷰 단 분에게 감사라도 해야 할까. 정말이지 인생살이는 한 치 앞을 알 수 없다.

앞의 책이 뒤의 책을 불러주고 나의 소소한 코멘트가 연결고리가 되며 나는 고맙게도 계속 이 일을 하고 있다. 이 에세이도 언젠가는 뒤에 올 무언가의 연결고리가 되어 나를 성장시킬 것이고 먼 훗날 나는 또 분명 이 순간을 그리워하게 되리라. 괴로웠던 그 시절 지금은 그리우니.

이 와카는 많은 일본인에게 사랑받는 시다. 인간의 행복이란 언제나 상대적인 것. 특히 시점의 전환은 많은 것을 다르게 보이게 한다. 다르게 느끼게 한다. 지금은 괴롭더라도 먼 훗날 언젠가는 이때가 그리워질 거라는, 당연하지만 잊고 살기 쉬운 간결한 깨달음이다.

이를 노래한 후지와라노 키요스케는 아버지와 사이가 좋지 않았다. 내가 '그 시절'로 번역한 '요世'는 일본 고어에서 세상, 생애, 업적이라는 뜻 외에도 남녀 사이라는 뜻이 있는데, 키요스케는 부자 사이라는 뜻으로 썼다. 아버지와의 불화가 하루이틀이 아니지만, 그럼에도 오래전 기억이 그리울 때가 있다는 의미로 부른 노래다. 내 경우엔 부녀 사이일까. 아빠의 부재로 나의 유년은 조금 쓸쓸했지만, 돌이켜보면 그 시절 외로움이 나의 가장 강력한 뿌리가 되었다. 읽는 사람마다 저마다 다른 상황을 떠올리며 사색에 잠길 수 있는 시가 아닌가 한다.

가장 힘들고 괴로운 시간, 긴 터널에 갇혀 몸부림치던 시절이 다 지나고 돌이켜보면 그때도 그리 나쁘지 않았구나, 썩 좋았구나. 그립네, 느끼는 건 예나 지금이나 인간이 지닌 본성인가 보다.

* 후지와라노 키요스케藤原淸輔, 『신고금와카집』

애태울 바엔 잠이나 잘 것을 밤은 깊어서

기울어 넘어가는 달만 보고 있구나

安らはで 寝なましものを さ夜更けて

かたぶくまでの 月を見しかな

작업실이 필요해

작업실 생활도 벌써 칠 년째로 접어든다. 누구나 자기만의
작은 공간 하나쯤 갖고픈 소망이 있을 텐데, 서울에서 보증금
에 월세까지 생각하면 허탈한 웃음만 난다.

처음엔 동네 카페를 전전했다. 다자이 오사무 전집의 절반
이상은 우리 동네 스타벅스의 은혜를 입었다. 딱딱한 나무 의
자에 엉덩이를 걸치고 번역했지만 이상하게 조용한 집보다 집
중이 잘 됐다. 카운터는 일층이고 이층은 손님만 있으니 눈치

보지 않고 일곱 시간이고 여덟 시간이고 일할 수 있었다. 음악은 편안하고 커피는 진하며 가끔 손님들 잡담을 귀동냥하는 재미도 있는 그곳엔 하루 사천 원으로 얻을 수 있는 나만의 의자 하나가 있었다. 아무도 나를 건드리지 않고, 아무도 내게 말 걸지 않으며, 아무도 내 존재를 의식하지 않는 곳. 작업실로는 최상의 조건 몇 가지를 갖춘 공간이었다.

다만 문제는 허리가 너무 아프다는 것이었다. 잠시라도 누울 공간이 없었고, 노트북에 책에 참고자료에 사전까지 매일 들고 다녀야 했으니 힘도 들었다. 배가 고프면 잠깐 식사하러 나갔다 오는 것도 궁색한 짓이라 작업실을 구하긴 구해야겠는데……. 쓸쓸히 낙엽 굴러다니는 통장을 들여다보며 궁리하던 차에 나는 공동 작업실의 존재를 알게 되었다. 온라인상에 작업실 공유 커뮤니티라는 게 있어서 함께 쓸 사람들을 구하고 있었다. 역시 나 같은 고민을 하는 사람이 많았던 거다. 위로가 됐다. 그렇게 찾아간 곳이 보문동 한옥 작업실이었다.

주인장은 로맨스소설을 쓰는 작가였다. 작은 마당도 있고 옛 부엌 반빗간도 살아 있는 방 세 칸짜리 한옥을 빌려서 작업실로 공유할 사람들을 찾고 있었다. 처음 가는 동네에 처음 만나는 사람과 함께 방을 쓴다는 게 어떤 기분일지 상상이 가지 않았지만 일단 한번 가보기로 했다. 공교롭게도 나는 그녀가 생애

처음 문을 연 작업실의 첫 손님이었다. 나중에 안 사실이지만 그녀도 어떤 사람이 올지 몰라 꽤나 긴장한 모양이었다.

그렇게 우리는 오 년이나 함께 작업실을 썼다. 일요일이면 골목 안쪽 무당집 굿하는 소리와 골목 바깥쪽 교회 찬송가 소리가 동시에 울려 퍼지며 부딪히는 기묘한 공간이었지만, 그곳에는 세상에 하나밖에 없는 나만의 의자와 나만의 책상, 내 한 몸 누일 방바닥이 있었다.

겨울이면 절절 끓던 온돌 방바닥, 여름이면 한지 바른 문살 창을 열고 바람을 느끼던 툇마루. 모두 고스란히 기억난다. 비가 오면 처마에서 떨어지던 물방울 소리나 한밤중에 기왓장 위로 뛰어다니는 고양이 소리, 흙벽 너머로 들려오는 옆집 노부부의 대화 소리나 마당에서 차를 마시며 오늘의 날씨나 내일의 고민 따위를 이야기하는 작업실 동료들의 소리도 홀로 작업하는 시간을 쓸쓸하지 않게 해주었다.

그때 우리는 모두 각자 고민 한 가지씩은 가슴에 품고 있었다. 작업실에 와서 열심히 습작하던 한 소설가 지망생은 남편과 이혼하고 싶어 했다. 다소 폭력적인 남편의 언동이 딸에게 미칠 영향을 걱정했다. 하지만 딸을 데리고 먹고살 수 있는 여건이 아니다. 몇 년째 공모전 당선 소식을 기다리고 있지만 감감무소식, 휴우⋯⋯.

한 번역가는 아무리 열심히 번역을 해서 책을 내도 아무도 관심을 가져주지 않는 게 힘들다고 했다. 리뷰나 댓글이 전혀 없다. 왜 내가 열심히 작업한 책을 아무도 읽어주지 않을까, 휴우…….

한 프리랜서 기자는 도대체 세상에 쓸 만한 남자가 없다고 했다. 좋아하는 남자는 다가오질 않고 안 좋아하는 남자만 연락이 온다. 이십 년 넘게 쉬지 않고 열심히 살았지만 꽁꽁 묶인 실타래처럼 풀릴 기미가 안 보이는 것이 연애, 휴우…….

그때 주인장이 외쳤다.

"여 봐, 여 봐. 다들 태평한 소리 하고 있다. 나는 지금 당장 작업실 월세 낼 돈이 걱정인데. 사람들이 연락이 없어. 왜 작업실을 안 찾지? 다들 작업실 안 필요한가?"

그 한옥은 방이 세 개였다. 그녀는 방 하나에 책상 세 개씩을 들이고 총 아홉 명을 모아 운영할 생각으로 야심 차게 작업실 문을 열었다. 그러나 사람이 모이지 않아 책상 한 개씩을 빼고 여섯 명의 월세를 걷으려고 했건만, 그마저도 차지 않아 매달 백만 원이 훌쩍 넘는 월세를 소설 저작권료로 충당했다. 보증금도 오빤지 남자친구인지에게 꾼 것이라 갚아야 했다.

애태울 바엔 각자 작업이나 합시다, 하고 해산한 그날 밤엔 처마 위로 달이 참 예뻤는데. 성북천이 흐르던 그 작은 한옥마을에 재개발로 아파트가 들어서면서 우리는 결국 쫓겨났다. 각자의 고민으로 애를 태우던 그 귀여운 마당도 사라졌다.

이 와카는 바람둥이 귀공자에게 휘둘리는 여동생을 보다 못한 언니가 노래했다. 그런 남자를 애태우며 기다릴 바에는 잠이나 자라. 세상엔 되는 일도 있고 안 되는 일도 있는 법이다. 우리는 그때 그저 자기 안에 꽁꽁 묵힌 고민을 털어놓으며 달빛 아래 수다를 떨 작은 마당 하나가 갖고 싶을 뿐이었고, 각자작은 공간 하나씩을 나눠 갖고 싶을 뿐이었는데, 한 집 두 집마을을 떠나 황량해진 보문동 한옥에서 떠나올 수밖에 없었다. 간절히 원해도 안 되는 일이 있다.

다행히 지금은 어찌어찌 좋은 공간을 찾아 아름다운 옥탑에 정착했다. 간절히 원해서 갑자기 되는 일도 있다. 그러니 애태울 바엔 잠이나 자자는 언니의 조언을 새겨들을 만하다.

* 아카조메 에몬赤染衛門, 『후습유와카집』

변함없다는 그 약속 진심일까 검은 머리칼

흐트러진 아침엔 내 마음도 엉켜라

長からむ　心も知らず　黒髪の

乱れて今朝は　ものをこそ思へ

다자이 오사무

검은 머리칼을 흐트러뜨리며 도쿄 외곽의 강기슭에서 발견된 것은 소설가 다자이 오사무. 쉬이 사라지지 않을 걸작이라며 스스로 자신감을 내비쳤던 『인간실격』을 탈고한 지 한 달도 채 되지 않은 시점이었다.

나쓰메 소세키 시절부터 일류 작가에게만 기회가 온다는 아사히신문의 소설 연재를 맡아 들떠 있던 그가, 왜 갑자기 연인과 동반자살이라는 극단적인 선택을 한 것인지 모두가 추측할

뿐 그 원인은 지금까지 아무도 모른다.

타살이라는 설도 있다. 같이 강물에 뛰어든 연인 토미에의 주검이 퉁퉁 불어 있는 것과 달리 와이셔츠 차림의 그의 몸은 살아생전 그대로 호리호리했고 얼굴은 잠든 사람처럼 편안했기 때문이다. 익사한 사람은 보통 고통으로 얼굴이 일그러진 채 발견된다고 하는데 말이다. 그러나 집에 남겨진 유서의 필체는 그의 것이 분명했다.

마지막까지 쓰고 있던 미완의 연재소설 제목도 묘하게 『굿바이』였다. 호색한이던 남자 주인공이 자기 부인에게 돌아가려고 여러 애인에게 굿바이, 굿바이 작별 인사를 하고 돌아다니다가 결국은 자기 부인에게 버림받는다는 이야기를 생각해두었다고 생전에 그는 말했다. 하지만 부인에게 버림받기 전에 애인들에게 굿바이 통보만 하다가 작가 스스로 목숨을 끊은 꼴이 되었다. 이래저래 재미있는 남자다.

"참으로 만날 때의 기쁨은 순식간에 사라지지만 이별의 아픔은 가슴 깊이 사무치니, 우리는 늘 석별의 정 속에 살고 있다 해도 과언이 아닙니다. …… 『굿바이』를 통해 다양한 이별의 모습을 그려낼 수 있다면 더없이 행복하겠습니다."

다자이 오사무가 『굿바이』를 연재하기에 앞서 독자에게 남긴 작가의 말이다. 그동안 자신의 소설을 아끼고 사랑해준 독자에게 남긴 마지막 인사라고 보아도 무방할 것 같다. 어쩌면 그는 이런 식으로 독자들과 이별을 준비하고 있었을까.

죽기 십 년 전까지만 해도 그는 하루빨리 작가로 성공하고 싶어서 몹시 조바심을 냈다. 그런 자신의 부끄러운 모습이 「그는 예전의 그가 아니다」나 「원숭이를 닮은 남자」와 같은 초기 단편에 유쾌하게 그려져 있다. 한심하고 우스꽝스러운 주인공은 거의 다 그의 본래 캐릭터인, 본명 쓰시마 슈지 자신이었다.

다자이는 온 힘을 다해 일그러진 청춘의 자화상이라 할 만한 작품집 『만년』을 내놓았지만 별 관심을 받지 못했다. 세상은 왜 나를 알아주지 않을까! 아쿠타가와상을 받고 싶어 심사위원들을 졸라댈 만큼 열성을 보였지만 매번 미끄러졌다. 문단은 그의 작품을 어리광이나 생떼쯤으로 여겼다. 하지만 그는 고집스러웠다. 나는 문단을 위해서가 아닌, 독자를 위해 글을 쓴다!

그의 주장은 이러했다. 젠체하며 목에 힘을 주는 게 문학인가? 아니다. 사람을 위로하고 울고 웃게 만드는 게 소설이다. 권위 따위는 꺼져라. 그건 작가의 몫이 아니다. 딱딱한 건 딱 질색이야! 나는 유머러스해지겠다. 우스꽝스러워지겠다. 그것이 독자를 위로할 수만 있다면, 나는 모두에게 손가락질 받더라도 어릿광대가 되겠다. 나의 소설로 누군가가 사랑을 깨닫는다면 그걸로 됐다. 그것이 혁명이다. 그것이 아름다움이다.

십 년을 일관되게 그렇게 글을 쓴 그를 문단보다는 독자가 먼저 아끼게 되었다. 사랑하게 되었다. 어느새 그는 독자들에게 없어서는 안 될 소중한 존재가 되었다. 하지만 『사양』으로 일약 베스트셀러 작가가 된 이듬해 『인간실격』을 완성하고는 스스로 세상을 떠난다. 동시대 독자의 충격이 얼마나 컸을지는 상상도 가지 않는다.

미완의 연재소설 『굿바이』는 앞선 작품들에 비해 깊이가 많이 떨어지는 작품이었다. 당연하다. 한 인간이 그렇게 써내는 족족 대작을 완성할 수는 없는 일이다. 갑작스레 늘어난 팬들도 부담스러웠으리라. 전쟁이 끝나자 사람들은 지긋지긋한 군국주의를 벗어젖히고 인간 본연의 연약함을 노래한 다자이 오사무에 광적으로 빠져들었다. 그는 이런 극적 반전이 마냥 기쁘지만은 않았다.

변함없다는 그 약속 진심일까, 검은 머리칼 흐트러진 아침엔 내 마음도 엉켜라……. 모든 게 황홀하면서도 극도로 불안했다. 늘 사랑받고 싶었고 그 사랑을 쟁취했다. 버림받을 각오 따위는 조금도 되어 있지 않았다. 자신의 작품은 언제나 최상의 상태여야 했다. 『인간실격』 탈고 후 몸도 마음도 탈진한 상태에서 쉬지 않고 다음 작품으로 달려야 했으니 엉켜버린 마음을 풀여유도 없었으리라.

돈이 필요했고 계약은 줄을 섰으며 출판사는 독촉했다. 당시 출판 시장의 잔인함도 한몫했다. 그는 왜 도망치지 못했을까. 죽음의 강을 건너기 전에 그저 싫다고, 못하겠다고, 날 찾지 말라고 그냥 숨어버렸다면, 그럴 배짱이 있었다면 그는 죽지 않고 살아 할아버지가 될 때까지 글을 썼을지도 모른다. 그가 존경하던 톨스토이옹이나 도스토옙스키옹처럼 말이다.

나는 어쩌면 그가 너무 큰 사랑을 견디지 못하는 인간이 아니었을까 싶다. 사랑의 힘이 커지면 미움의 힘도 커진다. 미움의 화살에도 태연할 수 있는 사람이 큰 사랑을 견딘다. 그가 스스로 나서서 자신이 손가락질을 받겠다고 소리쳐 말한 것부터가, 그가 미움받는 것을 얼마나 두려워하는지를 말해준다. 말이 쉽지, 외부에서 오는 사랑과 미움에서 완전히 자유로운 인간이 얼마나 될까.

헤이안시대 여성들은 윤기 흐르는 길고 탐스러운 머리칼을 빗으며 헝클어진 마음을 차분히 했다. 다자이 오사무도 차분히 머리를 빗는 마음으로 세월을 견뎠더라면 더 위대한 작품을 남길 수 있었을 텐데. 나는 그것만이 아쉽다. 번역할 그의 작품이 더는 남아 있지 않다는 사실이 몹시도 쓸쓸하다.

* 다이켄몬인 호리카와待賢門院堀河, 『천재와카집千載和歌集』

검디검었던 내 짙은 머리칼도 변해버렸나

거울 속에 살포시 내려앉은 하얀 눈

うばたまの　わが黒髪や　かはるらむ
鏡の影に　降れる白雪

시인과 편집자

요즘 거울을 볼 때마다 문득문득 놀란다. 언제 이렇게 흰 머리가 늘었지? 허허, 내가 세상과 부딪히며 살아온 고민의 역사가 검은 숲속에 은빛 실처럼 자라고 있구나. 한참 사투를 벌이던 족집게를 내던지며 생각한다. 기왕 늙을 것이라면 아름답게 늙자. 그런 생각이 든다면, 우리보다 앞서서 멋있게 걸어가는 할머니 할아버지에게서 지혜를 배워도 좋을 것이다. 내겐 꼭 닮고 싶은 일본의 두 할머니가 있다. 한 분은 시인이고, 다른 한 분은 그 시인의 편집자다.

『헨젤과 그레텔의 섬』이라는 시집을 번역할 때다. 유년의 반짝이는 기억을 시로 엮은 그 시집은 일본에서 발행된 지 삼사십 년쯤 지난 책이었는데, 당시 젊고 패기 넘치는 이삼십 대 출판인이 모여 뭔가 순수한 일을 벌여보자고 만든 인다 프로젝트에서 그 시집을 내고 싶어 했다. '우리는 순수한 것들을 생각했다'라는 폴 발레리의 시구에 이끌려 곧 죽어도 돈보다는 인간으로서의 멋과 품위다, 그걸 위해 시집과 소설과 철학을 하자는 친구들이 모여 '노동 공유형 독립 출판 프로젝트'라는 해괴한 모임을 만들었다.

그즈음 대여섯 권의 책을 번역하며 막 번역의 길로 들어서던 나는, 인다에 반쯤 발을 담근 형태로 함께했다. 애초에 나의 기질은 한 조직에 너무 깊이 얽히는 걸 꺼렸지만, 이 친구들이 하는 행위가 너무나 멋있고 재미있어 보였기 때문에 간간이 낭독회에 가서 일본어로 낭독도 하고 번역도 했다.

그때 그 조직의 구심점 역할을 하던 사샤(나는 그를 페이스북으로 처음 만났다. 내가 다자이 오사무의 『인간실격』에 인용된 프랑스 시 원문을 읽고 싶은데 불어를 할 줄 몰라 난감하다는 글을 별생각 없이 페이스북에 올렸을 때, 어디선가 그가 나타나 도움을 주었다. 그러면서 다음에 자기가 도움을 요청할 때 결코 거절해서는 안 된다고 말했다)는 내게 『헨젤과 그레텔의 섬』을 출판해야겠으니 당신이 번역을 맡고 판권도 알아봐달라(?!!)고 했다.

"푸하하하! 그런 법이 어디 있어?"

"에이전시를 통하면 돈이 들잖아. 그러니 누나가 좀 알아봐."

지금의 인다는 훌륭한 시집을 여러 권 낸 어엿한 출판사지만, 그땐 아직 과연 이들이 책이라는 아름다운 물성을 주조할 능력이 되는가 안 되는가도 판가름 나지 않은 허허벌판에 내던져진 천둥벌거숭이나 다름없었기에 다소 주먹구구식으로 돌아가는 구석이 있었다. 나는 도움 받은 일도 있고, 또 그들에게 어떤 애정을 느끼고 있었기에 알겠다고 대답하며 돌아서서 생각했다. 그게 그렇게 될 리가 없는데. 그랬는데 일본에서 의외의 답장이 날아왔다. 내가 판권을 문의한 출판사를 이미 정년 퇴직한 편집자로부터였다.

"오래전 미즈노 루리코 시인의 담당 편집자였던 가라사와 히데코입니다. 당신의 메일을 받고 정말 기뻤고 감사한 마음입니다. 미즈노 씨도 분명 기뻐하리라고 생각합니다. 당장 시인에게 연락을 취했으며……."

그 짧은 메일에서 수십 년 전 그분이 정성을 다해 시집을 만들었던 시절의 열정과, 지금 이웃나라 젊은이들이 그 책이 좋아서 내고 싶어 한다는 연락을 받았을 때의 기쁨까지가 고스란히 전해졌다. 그렇게 에이전시와 출판사 없이 퇴직한 할머니 편집자를 통해 당시 여든세 살이던 미즈노 루리코 시인과 직접 계약을 할 수 있었다.

하지만 내가 더 놀란 건 미즈노 루리코 시인의 창작욕과 책에 대한 열의였다. 나는 번역을 하면서도 또 끝난 후에도 종종 그녀와 소통했는데, 그때마다 메일이나 우편물로 "이번에 새로 쓴 시입니다" "이번에 새로 나온 동인지입니다" "이번에 새로 나온 비평집입니다" 하며 창작물을 보내주셨다.

내가 미야자와 겐지의 『봄과 아수라』라는 시집 번역이 너무 어렵다는 이야기를 꺼냈을 때는, 도쿄대의 고모리 요이치 교수의 육성 강의록을 반드시 들어야 한다며 도서관에서 녹음해 온 「서」와 「봄과 아수라」 해설 테이프(그렇다. 그 옛날 마이마이에 끼워 듣던 그 테이프다) 두 개를 복사해서 국제우편으로 보내주셨다. 그 강의는 정말이지 아름다웠다. 나는 겐지 시집을 번역하는 동안 밤마다 불을 끄고 그 테이프를 들으며 잠이 들었다. 『봄과 아수라』를 즐거이 읽은 독자분이 있다면 미즈노 루리코 시인에게 조금씩 빚이 있다는 사실을 알아주시길.

당시 미즈노 루리코 시인은 지인들과 『두 토끼』라는 제목의 동인지를 내고 있었다. 참가자는 모두 칠팔십 대 할머니라고 했다. 그러면서 한국어판 『헨젤과 그레텔의 섬』에 실린 나의 역자 후기를 다 같이 읽고 싶으니 일본어로 좀 번역해서 보내달라는 주문을 했다. (와, 시인님 솔직히 말해봐요. 1932년생 아니죠?) 나는 또 꾸역꾸역 내가 한국어로 쓴 역자 후기를 저자를 위해 일본어로 번역하는 대단히 진기한 경험을 하기도 했다. 후에 『두 토끼』 동인 모임에서 루리코 시인이 낭독한 나의 역자 후기가 박수를 받았다는 기쁜 소식을 전해 들었다. 하하하! 그래, 죽을 때까지 이렇게 살 수만 있다면 어느 날 거울 속에 한계령 폭설이 내린다 한들 무엇이 두려울쏘냐.

* 기노 츠라유키紀貫之, 『고금와카집』

다고 해안가 내려가 바라보니 순백 뒤덮인

후지산 봉우리에 눈은 폴폴 날리고

田子の浦に　うち出でてみれば　白妙の
　　富士の高嶺に　雪は降りつつ

기대어

나는 매일 인왕산에 오른다. 살기 위해서다. 새로 옮긴 작업
실은 옥인동의 한 옥탑방이다. 광화문에서 데모나 축제만 없으
면 이곳은 새들이 날아다니는 날갯짓 소리밖에 들리지 않는다.

나와 나의 번역가 동료 재원은 여기저기 공동 작업실을 돌다
결국 보증금 반 월세 반을 내기로 하고 둘이서 작업실을 얻었
다. 부동산 몇 군데를 돌았는데 우리가 얼굴을 붉히며 조심스
레 제시하는 보증금 액수를 듣고는 다들 고개를 갸웃했다. 음,

어림도 없는데? 그런 분위기였지만, '서촌의 봄'이란 느낌 좋은 부동산 아저씨의 배려 덕분에 꼭 맞는 작업실을 찾을 수 있었다. 아저씨는 이사한 날 응원한다며 포도까지 사다주셨다!

그런데 아무리 작업 환경이 좋다 한들 한 자리에 여덟 시간씩 아홉 시간씩 앉아 있다 보면 골병이 들기 마련이다. 아름답지 않은 체형으로의 변모는 덤이다. 아랫배는 점점 나오고 등은 거북처럼 굽고 다리만 기이하게 가늘어진다. 이래서는 오래 작업은커녕 오래 사는 것도 불가능하겠다. 위기감에 나는 매일 아침 산에 오르기로 했다.

작업실 가까이에 수성동 계곡이라는 아름다운 산의 초입이 있다. 조선의 겸재 정선이 그린 산수화 「수성동」 속 기린교라는 다리가 지금 저기 걸린 저 다리일까 아닐까, 생각하며 걷다 보면 어느새 깊은 숲속에 다다른다. 손을 뻗어 거대한 화강암을 어루만진다. 그 까끌까끌하고 시원한 촉감. 아마 이 녀석은 천년 전부터 새와 인간과 호랑이를 지켜봤으리라. 거대한 바위와 바위 사이로 난 좁은 길을 빠져나오니 둥치가 두툼한 소나무가 기다린다. 괜히 한번 안아본다. 이상하게 따뜻하네.

어느 날은 석굴암까지 가고, 어느 날은 청운문학도서관까지 가고, 어느 날은 정상까지 간다. 석굴암에선 스님이 내려주신 중국 우롱차를 마시기도 했다. 학창 시절 미시마 유키오의 『금각사』를 읽고 벼락 맞은 것처럼 정신이 번쩍 들어 그 길로 짐을 싸 들고 교토로 가서 금각사를 본 이래 매년 봄가을 교토를 찾는다는 유쾌한 스님이었다.

집을 나설 땐 꼭 고양이 사료를 챙겨서 간다. 인왕산에는 의외로 고양이가 많이 산다. 다른 산도 그럴까? 바스락바스락 동물이 산을 타는 소리가 나서 돌아보면 고양이다. 사료 넣은 통을 바스락바스락하면 녀석들이 나타난다. 낙엽을 그릇 삼아 밥을 준다. 물은 이 숲속 계곡 어디든 있을 테니 안심이다.

하루는 고양이 밥을 주고 길을 건너는데 웬 아저씨가 뛰어왔다. 동물을 혐오하는 사람이 많다는 이야기를 들은 적이 있어 겁을 집어먹는 내게 아저씨가 환한 미소를 띠며 캔 커피를 건넨다. "생명을 살리는 좋은 일을 하시네요. 이거 드시고 힘내세요. 저는 저 위에서 꽃을 심는 사람입니다." 아, 그 성곽길에 아름다웠던 코스모스 길이 아저씨의 작품인가? 가끔 그런 교류도 있다. 고양이 밥을 주며 산을 타는 번역가와 산에 꽃씨를 뿌려 꽃을 심는 아저씨.

풀리지 않던 생각이나 글감도 멍하니 산길을 걷다 보면 갑자기 떠오른다. 그러면 어서 내려가서 써야지 싶어 발길을 돌린다. 마음속으로 쓰고 싶은 글의 얼개를 점점 더 키워본다. 그런 아침이 찾아올 때 가장 기분이 좋다. 좋아하는 장엄한 자연물에 기대어 살 수 있는 건 무엇과도 바꿀 수 없는 큰 선물이다.

후지산은 가본 적 없지만 멀리서 본 적은 있다. 도쿄에서도 맑은 날이면 멀리 후지산이 보이곤 했다. 친구 마이코와 모나 모녀가 사는 집도 베란다 밖으로 후지산이 보였다. 세이부신주쿠선을 타고 신주쿠에서 삼십 분쯤 가면 닿는 고다이라역이었다. 낮은 곳에선 안 보여도 삼층쯤 되면 근방 어디서든 후지산이 보였다. 선선한 계절이었는데도 봉우리는 새하얀 눈으로 덮여 있었다. 아주 먼 곳에서 인간을 굽어살피는 기운이 느껴졌다. 내가 인왕산에 기대어 살 듯, 후지산에 기대어 사는 도쿄인도 꽤 많지 싶다. 마이코는 고향인 홋카이도로 돌아간 뒤에는 북부 기타미의 빙하에 기대어 살며 하이쿠를 짓는다.

천 년 전, 이 와카를 노래한 야마베노 아카히토는 교토에서 출발해 동쪽으로 여행을 떠나는 길에 시즈오카 해안가에서 난생처음 후지산을 보았다. 도쿄에서도 보이는 후지산이니 시즈오카면 천공을 뚫을 것처럼 높게 보였을 터. 입이 떡 벌어져 그저 바라만 보다가 이 와카를 지었다. 겸재 정선이 인왕산을 그린 마음도 다르지 않으리라. 예나 지금이나 인간에게는 기대어 살 수 있는 장엄한 자연물이 필요하다.

* 야마베노 아카히토, 『신고금와카집』

나의 소매는 썰물 때도 잠기는 먼바다의 돌

아무도 모르지만 마를 틈이 없구나

わが袖は　潮干に見えぬ　沖の石の

人こそ知らね　乾く間もなし

홀로

내 기억 속에 먼바다의 돌처럼 잠겨 있는 사람이 있다. 강원도 정선 오일장에서 만난 할머니다. 『나는 나대로 혼자서 간다』라는 소설을 번역하면서 나는 도호쿠 사투리를 강원도 사투리로 옮기기 위해 고군분투했다.

강원도와 일본의 도호쿠 지방은 바다 하나만 건너면 맞닿는 위치에 있다. 위도도 비슷하고 우뚝 솟은 산과 탁 트인 바다, 춥고 척박한 땅에 예부터 도심과 단절이 심해 사투리가 강하고 고립된 환경이라는 특징도 비슷했다. 하지만 내 고향은 강원도가 아니었다. 원주가 고향인 지인이 태백산맥을 넘어야 사투리가 강해진다고 알려주기도 해서, 일단 강원도 산골에서 열리는 오일장이라도 찾아가 아무 할머니나 붙잡고 말을 좀 걸어볼 요량으로 강원도로 향했다.

가장 먼저 찾은 곳은 정선 오일장. 그날따라 유난히 날이 좋아 머리 위로 해가 쨍하니 내리쬐던 5월이었다. 붐비는 오일장 길목에서 검은색 장우산을 펴들고 해를 가리며 바닥에 앉아 생땅콩과 두릅을 파는 몸집 작은 할머니가 눈에 들어왔다. 나는 가방에서 프린트한 종이를 꺼내며 조심스레 할머니 옆에 다가앉았다.

"할머니, 안녕하세요?"

인사를 건네자 무료하게 앉아 계시던 할머니가 반색했다.

"응, 땅콩 사려구?"

"네, 땅콩도 사고 할머니하고 얘기도 하고 싶어서요."

"내 얘기? 무신 얘기?"

떨린다. 과연 이 인터뷰, 도움이 될까? 아니 애초에 이런 접근이 번역에 도움이 될까 싶었지만 나도 오죽 간절하면 정선 오일장까지 와서 땅바닥에 주저앉았겠는가. 물러설 곳이 없었다. 나는 할머니에게 자초지종을 대략 설명하고 할머니의 사투리가 너무 듣고 싶어서 그러니 녹음 좀 해도 되겠냐고 양해를 구했다. 할머니는 서울에서 온 젊은 사람이 말을 거는 게 오히려 더 신기하신지 당신이 깔고 앉은 골판지를 내어주시며 편하게 앉으라고 배려까지 해주셨다. 나는 우선 소설 속 주인공 할머니가 남편이 죽고 슬퍼하는 부분을 강원도 사투리로 듣고 싶었다. 아니, 들어야만 했다.

"할머니 살아오신 이야기가 듣고 싶어요. 혹시 할아버지, 살아 계세요?"

"아, 영감 뒈진 지 한참 됐어."

"저런, 할아버지 돌아가시고 슬프셨어요?"

"흥, 나 어릴 적엔 울 아부지헌티 이쁨두 많이 받구 자랐는디. 이짝으로 시집오구 고생 복만 터져부렀어. 노름에 술고래에 쌈질에…… 경찰서는 기냥 문지방 닳도록 드나들었제. 글케두…… 남팬이 내헌턴 마이 따뜻혔지, 따뜻혀."

그러더니 갑자기 눈물을 터뜨리시는 게 아닌가. 보고 싶다고, 아무리 속을 썩이고 미운 짓을 해도 같이 살을 맞대고 서로를 위해주던 남편 자리는 자식이 채워줄 수 없다면서. 진한 눈물이 배어 나오는 할머니를 보며 나는 함께 눈시울을 붉히지 않을 수 없었다. 부부 사이란 그런 것일까. 나는 문득 할머니의 이름이 궁금했다. 미워했지만 사랑했고 사랑했기에 아무도 모르게 눈물을 흘려야 했던, 그 할머니의 이름을.

"나? 내 이름은 김옥순. 참말로 누가 내 이름 묻는 기 언제였
등가. 댁이 묻지 않았음 홀랑 까먹고 죽지 않았겠는가."

그러면서 이번엔 또 활짝 웃으신다. 그 얼굴이 민들레꽃 같다
고 생각했다.

이 와카는 홀로 고독한 사랑을 하는 여인이 남겼다. 그 쓸쓸
한 마음을, 눈물의 바다에 잠겨 썰물 때도 나오지 못하는 먼바
다의 돌에 비유했다. 정선으로 시집온 할머니가 그날 그 5월의
오일장에서 보인 눈물과 웃음은 지금도 내 기억의 먼바다에서
출렁인다.

* 니죠인노 사누키二条院讃岐, 『천재와카집』

소문에 듣던 다카시 바닷가의 놀치는 파도

괜스레 다가갔다 소매만 젖겠지요

音に聞く　高師の濱の　あだ波は

かけじや袖の　ぬれもこそすれ

시행착오

내게도 괜스레 다가갔다 눈물로 소매만 적시다 온 과거가 있
다. 대학 졸업반 때의 일이다. 학교라는 맑은 우물 안에서 갑자
기 망망대해로 홀로 노 저어 나아가야 하는 불안한 마음, 누구
나 경험해본 적 있으리라.

누구는 모 회사 취직이 정해졌다더라, 누구는 모 연구실로
들어간다더라, 그런 소문은 나를 더욱 불안하게 했다. 사회로
밀려 나가 낯선 바다에서 허우적대는 내가 보였다. 그때까지도

나는 내 안에 뜻이 분명히 서지 않은 연약한 묘목이었다. 일단은 돈을 벌어야 한다. 직업을 찾자. 그래서 찾아간 곳이 여의도에 있는 한 방송국 프로덕션이었다.

글을 쓰는 일을 하고 싶던 나는 방송작가라는 직업을 동경해 방송아카데미를 다녔는데, 당시 아카데미 선생님이 이끌던 프로덕션에 채용되었다. 나의 첫 직장이었다. 처음 두 달은 인턴이어서 터무니없이 적은 돈을 받았음에도 돈을 벌며 사회의 일원으로 무사히 안착했다는 사실에 안도했다.

하지만 이 선택이 나의 실수였음을 인정하기까지는 그리 많은 시간이 걸리지 않았다. 방송은 매주 다음 프로그램을 세상에 내놓아야 했다. 그 말은 매주 새로운 기획과 새로운 출연자, 새로운 장소를 찾아 스크립트와 큐카드를 만들고 일정에 차질이 없도록 촬영 전 모든 세팅을 해놓아야 한다는 뜻이었다. 매주 쉬지 않고 그 일이 돌아왔다.

문제는 내가 그 일을 해내기에 너무 느리고 느린 인간이라는 점이었다. 소문으로만 듣고 그저 재미있을 것 같아 섣불리 다가간 내가 바보였구나, 그렇게 느낀 건 그 바닥에서 두 해쯤 굴러다닌 뒤였다. 어떻게든 적응해보려 했다. 나를 바꿔보려 했다. 그러나 타고난 본능을 바꾸는 건 쉽지 않은, 아니 거의 불가능한 일이었다. 모든 것이 눈썹 휘날리게 진행되는 방송은 마른

들판을 삽시간에 불태우는 쥐불놀이 같았다. 거기서 흥겹게 일할 수 있는 사람은 무서운 기세로 타오르는 속도에 익숙하거나 적어도 거부감이 없는 사람이어야 했다. 내게는 그 속도가 너무 빨라 어질어질했다.

나는 들판에 뿌리내리고 선 나무와 같은 인간이었다. 백 년이고 천 년이고 한 자리에서 세상을 관찰하고 아주 가끔 누군가와 느릿느릿 이야기를 나누고 싶어 하는 인간임을, 세상에서 가장 바쁘게 돌아가는 방송국에서 멍하니 깨달았다.

이 와카는 남녀의 연애편지 경합인 '엔쇼아와세艶書合'에서 부른 노래인데, 아래 사랑 고백에 대한 답가였다.

남들 모르게 품고 있는 이 마음 갯바람 아래
밤 파도 너울대니 털어놓고 싶어라

남몰래 연모하는 당신에게 오늘 밤 찾아가 고백하고 싶다며 노래한 남성은 궁궐의 소문난 바람둥이 토시타다(스물아홉 살). 이 와카를 받아친 여인은 평생을 궐에서 보낸 궁녀 기이(일흔 살). 나이 차가 자그마치 마흔한 살이다. 네 이놈, 이 할머니를 놀리는 게냐! 기이로선 그런 마음도 들었으리라. 하지만 그 마음을 품위 있는 시로 승화시켰다.

당신 소문은 익히 들어 알고 있습니다. 숱한 여인들이 소매를 적셨다지요. 놀치는 파도 같은 당신을 상대했다 괜스레 소매만 젖는 일, 저는 됐습니다. 이렇게 짓궂은 호색한의 장난을 우아하게 물리친다. 그 재치에 모두가 웃음을 터뜨리며 그녀에게 손을 들어줬으리라. 다카시 해안은 간사이 일대에서 파도가 높기로 유명한 곳인데, 높다는 뜻의 '다카이高い'가 연상되니 바람둥이로 명성이 높다는 뜻이기도 하다.

일도 사랑도 자신을 알고 상대를 알아야 후회가 없는 법이다. 빤한 이야기지만 막상 일이 닥쳤을 땐 의외로 그런 당연한 진리가 잘 보이지 않는다. 그저 소문에 의지하다가는 낭패를 보기 쉽다. 괜스레 다가갔다 소매만 젖는 시행착오도 인생에서 가끔 필요하지만, 되도록 한 살이라도 어릴 때 치러야 손해가 덜하다.

* 기이紀伊, 『금엽와카집金葉和歌集』

그대 그리며 흘린 눈물이 봄에 따뜻해졌네
끝없는 그리움이 눈물을 데웠나 봐

人こふる　なみだは春ぞ　ぬるみける
たえぬ思ひの　わかすなるべし

눈 한 그릇

그리움의 온기가 눈물을 데웠다는 천 년의 노래가 있는가 하
면, 끝없는 슬픔이 진눈깨비처럼 흩날리는 백 년의 시도 있다.
미야자와 겐지가 여동생의 죽음 앞에 써 내려간 「영결의 아침」
의 일부다.

오늘 안으로
멀리 떠나버릴 나의 누이여

진눈깨비 내려 바깥은 수상히도 환하구나

(눈송이 담아 가져다주세요)

불그름하여 더 음산한 구름에서

진눈깨비 푹푹 날리어온다

(눈송이 담아 가져다주세요)

......

아아 도시코

이제 죽음의 문턱에서

나의 일생을 밝혀주려고

이렇게 산뜻한 눈 한 그릇을

너는 나에게 부탁했구나

......

부디 이것이 천상의 아이스크림이 되어

너와 모두에게 신성한 양식이 되기를

내가 가진 모든 행복을 걸고 비노라

한겨울 여동생이 고열에 헐떡이며 세상을 떠나려 할 때, 오빠는 흰 눈이 가득 담긴 그릇을 가져온다. 오빠가 여동생에게 주는 지상에서의 마지막 선물. 그 눈 한 그릇에는 오빠가 쏟은 하염없는 슬픔이 얼어붙어 있다.

이 시가 실린 시집 『봄과 아수라』 번역을 마칠 즈음, 나보다 한 살 어린 사촌 동생 진유가 세상을 떠났다. 항암치료로 몸이 바싹 말라 있었다. "숲속을 걷고 싶어, 시원한 바람을 맞고 싶어." 진유가 입버릇처럼 한 말이다. 무슨 말이라도 해주고 싶었지만 아무 말도 나오지 않았다. 그 순간 내가 가진 말은 너무나 빈약했다. 말 대신 그 애 손을 꼭 쥐는데, 어린 시절 우리들 키보다 한참 큰 억새 숲 사이를 헤치고 나아가던 어느 볕 좋던 한낮이 떠올랐다.

　너는 그날을 기억하고 있을까. 부디 네가 숲길을 걷고, 억새가 얼굴을 간질이고, 시원한 바람에 머리칼이 휘날리던 아름다운 기억을 하나도 잊지 않고 천상으로 가져가기를. 무섭고 힘들고 아프고 괴로웠던 기억은 모두 지상의 바다에 던져버리기를. 나는 말없이 빌고 또 빌었다.

* 이세, 『후찬와카집』

머나먼 숲속 바위 골짜기에다 몸을 숨기고
남의 눈 의식 없이 생각에 잠기고파

はるかなる　岩のはざまに　独りゐて
人目思はで　物思はばや

옹달샘 낭독

아무도 없는 곳에서 사랑하는 사람을 마음껏 그리워하고 싶다……. 출가한 법사님의 노래다. 아무리 속세와 연 끊고 고독한 길을 선택했대도 마음 끌림을 막을 길은 없나 보다. 꼭 누굴 그리워하지 않더라도 우리는 종종 아무도 없는 곳으로 가고 싶을 때가 있다. 어느 봄날, 나는 아무도 없는 곳에서 실컷 시 낭독을 하고 싶어 강원도 평창 숲속으로 들어갔다.

『봄과 아수라』가 한국에 나왔을 때, 나는 시집 서점 '위트 앤

시니컬'에서 낭독회를 하기로 했다. 지금 이사한 혜화동 동양서림 2층 공간도 멋있지만 그때는 합정동에 있었고 규모가 꽤 컸다. 시를 좋아하는 사람들에게 알려진 공간이었다.

이삼십 명이나 되는(내게는 구름떼처럼 보이는) 사람들이 올 예정이었다. 미야자와 겐지를 좋아하는 강성은 시인이 함께 진행을 맡아주기로 했다. 시를 낭독하는 밤은 아름답지만 낭독자에게는 연습이 필요하다. 내가 각별히 사랑하는 시집이기에 실수하고 싶지 않았다. 틀려서 얼굴 빨개지고 혀를 내미는 짓을 저질러서는 안 된다!

나의 낭독 롤 모델은 다자이 오사무의 기일인 앵두기(6월 19일. 소설가 곤 칸이치가 무명 시절부터 서로 의지하던 고향 친구의 1주기에 지은 이름. 벗이 죽고 발표된 단편소설 「앵두」에서 따왔다)에 만난 하라 씨다. 신주쿠에서 야간버스를 타고 열 시간 가까이 달려 쓰가루로 여행을 간 날이었다. 다자이가 실제로 어린 시절을 보낸 별채(아오모리 가나기마을)의 작은 방 안에서 낭독회가 열렸다. 앵두기 행사의 일환이었는데 전국에서 모여든 다자이 팬들이 함께했다.

단아하게 기모노를 차려입은 하라 씨는 「화폐」라는 단편을 통째로 외워서 낭독했다. 이야기 하나가 한 줄도 빠짐없이 오롯이 그녀 안에 있었다. 근처에 책이나 종이나 스마트폰 따위도 없었다. 소설은 백 엔짜리 지폐가 화자였다. 그 작품을 암송하는 하라 씨는 마치 연극의 독백 무대에 오른 사람처럼 한 장의 지폐가 되었다. 전쟁 통에 이리 뒹굴 저리 뒹굴 하던 지폐가 겨우 불바다를 피해 들판 위 어린 아기 포대기 속에서 따뜻한 온기를 쬔다.

하라 씨가 이삼십 분가량의 암송을 마쳤을 즈음, 귀엽고도 쓸쓸한 지폐 한 장이 내 마음속으로 팔락팔락 떨어졌다. 대단하다. 저것이 낭독이구나. 그 작품을 막 번역하고 떠나온 여행이라 더욱 벅차서 나는 아무도 모르게 눈물을 훔쳤다.

나도, 나도 그 정도 할 수 있을까. 그렇게 누군가에게 낭독만으로 크나큰 감동을 줄 수 있을까. 외울 수 있다면 좋겠지만 그렇지 않다 해도 그 시를 온전히 내 안에 체화시키고 싶었다. 낭독 연습을 할 공간이 필요했다. 하지만 의외로 아무도 없이 큰소리로 연습할 수 있는 곳은 없었다. 작업실에는 동료들이 있고, 집에는 식구들이 있고, 거리에는 사람들이 있다. 그렇다면 남의 눈 의식 없이 오롯이 낭독에 집중할 수 있는 곳은 숲속, 숲속뿐이다!

언젠가 에어비앤비를 통해 묵은 평창 산꼭대기 작은 숙소가 떠올랐다. 숲속의 길이 끝나는 곳에 위치한 그 숙소는 오디오와 엘피판이 갖춰져 있어 온종일 음악만 들어도 질리지 않는 곳이었다. 나의 낭독에 신경 쓸 귀를 가진 건 종종 놀러 오는 갈색 개 '나무'와 검은 개 '개울'이뿐이었다. 아름다운 개들이 청중인 낭독회는 대환영이지만 녀석들은 좋은 시보다는 좋은 냄새에 민감한 듯했고 나는 그게 더 마음이 편했다. 그렇게 평창에서 밤에는 쏟아지는 별을 보며 낮에는 전나무로 둘러싸인 옹달샘 근처에서 낭독 연습을 했다.

졸졸졸, 오늘 안으로, 졸졸졸, 멀리 떠나버릴 나의 누이여, 졸졸졸, 눈송이 담아 가져다주세요. 졸졸졸, 쿄노우치니, 졸졸졸, 토오쿠에 잇떼시마우 와타시노 이모토요, 졸졸졸, 아메유주 톳테치테켄자.

낭독회는 어찌어찌 끝이 났다. 그날 서점에서 내가 무슨 말을 어떻게 했는지 낭독이 좋았는지 나빴는지는 전혀 기억나지 않지만, 강원도 숲속에서 아무도 모르게 울려 퍼졌던 옹달샘 낭독만은 생생히 기억난다. 외울 수 있을 때까지 해보자고 지겹도록 반복했으니 평창 그 숲의 새와 바위와 나무는 내 목소리를 기억할지도 모른다. 그건 내게도 좋은 추억이다. 기억이란 많은 사람과 함께한 일보다 아무도 없는 곳에서 혼자 오도카니 했던 일을 더 좋아하는 것 같다.

* 사이교, 『신고금와카집』

그대가 왔나 아니면 내가 갔나 알 수가 없네
꿈인지 생시인지 잘 때인지 깰 땐지

君や来し　我や行きけむ　おもほえず
夢かうつつか　寝てかさめてか

이미지로 번역하기

번역할 때 나도 가끔 이런 상태가 된다. 이 글을 쓴 게 나인지 저자인지, 이 감정을 느낀 게 나인지 저자인지 조금 과장되게 말해 현실이 꿈이고 책이 생시인 기분. 묘사가 사실적이고 정교할수록 더욱 그런 기분이 든다. 주인공이 나이고 저자가 나이며 한 편의 소설 속에, 한 권의 시집 속에 나의 영혼이 깃든다. 그렇게 나는 책 속으로 들어가 산다. 책 밖에서는 꿈꾸듯 밥을 먹고 산책을 하고 잠을 잔다.

나쓰메 소세키는 "번역 따위 하지 말고 한 줄이라도 네 글을 쓰라"고 후배들에게 충고했지만, 나는 아직까지 이 일이 너무 재미있고 신선하다. 새로운 책으로, 새로운 장으로 들어갈 때마다 가슴이 뛴다. 아마도 죽을 때까지 꿈과 현실을 오가며 책을 읽고 글을 쓰고 번역을 하지 않을까. 목수가 평생 나무를 만지며 살듯이, 나는 언어를 만지며 살고 싶다.

　내가 번역에서 가장 중요하게 생각하는 건 시각적인 이미지다. 책을 읽다가 한 폭의 그림이 떠오르는 순간을 좋아한다. 특히 일본 작품은 어떤 빛이나 시선에 매우 민감하다. 가와바타 야스나리의 『설국』 같은 소설이 대표적이다. 어두운 터널을 지나 펼쳐지는 하얀 눈의 나라, 그 시각적인 각인이 소설을 끝까지 끌고 간다.

　일본어는 관념어보다 표상어가 더 풍부하다. 일본인의 언어생활에서 빼놓을 수 없는 키고季語 즉 계절어를 보자. 계절어란 봄여름가을겨울을 느낄 수 있는 동물, 식물, 천문, 지리, 기후, 옷감, 음식, 색, 축제 등 명사를 말한다. 계절어 사전을 들춰보면 풍부한 시각 어휘가 펼쳐진다.

　일본인의 빛깔에 대한 감각에 혀를 내두른 작은 사건이 하나 있다. '아오조라문고青空文庫'라고 저작권이 소멸한 소설과 시와 수필을 무료로 읽을 수 있는 앱이 있는데, 그걸 깔고 전자책을 읽으려 했을 때다. 전자책의 바탕색과 글자색을 지정하려니 종류가 각각 백사십오 가지나 된다. 조합하면 자그마치 이만 천이십오 가지가 나온다. 제비붓꽃 바탕색(군청에 가까운 보라)에 검은머리방울새 글자색(상아색에 가까운 밝은 연두)으로 책을 읽는 식이다. 흑과 백으로 된 책을 읽을 때와는 전혀 다른 맛이다. 같은 핑크색도 따오기색, 철쭉색, 벚꽃색, 당홍색, 산호색, 홍매화색, 복숭아색으로 빛깔과 이름이 다양하다. 색의 분류와 이름이 섬세해서 즐겁다.

나는 작품을 번역할 때 낱말 대 낱말로 옮기기보다는 하나의 장면을 그림으로 이해하며 옮긴다. 그 순간에 완전히 동화되고 싶기 때문이다. 낱말 대 낱말, 문장 대 문장을 보는 건 나중 일이다. 첫인상이 가장 중요하기에 그 분위기를 직관적으로 옮기기 위해서는 이미지가 중요하다. 그래서 나는 웬만하면 번역할 책을 미리 읽지 않는다. 처음 보는 그림을 대하는 감정으로 책에 들어간다. 마치 어떤 화가의 그림을 볼 때 두 번 세 번 보았을 때보다 제일 처음 보았을 때 가장 큰 자극을 받는 것과 같다. 언어의 꼼꼼한 확인은 재교나 삼교 때 수행한다.

반대로 저자에 대해서는 알 수 있는 건 최대한 미리 알고 시작한다. 저자를 다룬 잡지가 있으면 되도록 다 사서 본다. 특히 저자 사진 들여다보기를 좋아한다. 어떤 눈을 가진 사람인지,

슬픈 눈인지 개구쟁이 눈인지, 눈썹은 진한지, 안경은 꼈는지, 코는 어떤지, 키는 큰지 작은지, 날씬한지 뚱뚱한지, 주택에 사는지 아파트에 사는지, 집 구조는 어떤지, 작업실이 있는지, 있다면 어떻게 생겼는지, 책상은 좌식인지, 성적 취향은 어떤지, 결혼은 했는지, 아이는 있는지, 친구들은 어떤지, 술과 음식은 뭘 좋아하는지, 주위 평판은 어떠한지, 호탕한지, 어떤 작가를 좋아하는지 싫어하는지, 어린 시절은 어땠는지, 어느 지역에 살았는지, 여행은 좋아하는지 같은 사소한 것을 알아본다. 번역하려는 사람의 이미지가 내 머릿속에 그대로 정밀하게 들어오길 바라기 때문이다.

여건이 되면 그 사람이 살던 곳까지 찾아가서 동네를 걷고 차를 마시고 서점에 들어가고 놀이터에서 그네를 탄다. 그러고 나면 내 안에 저자에 대한 상이 뚜렷하게 맺혀 안심이 된다.

초벌 번역을 마치면 진짜는 그때부터다. 아직까지는 도자기를 초벌한 상태에 불과하다. 나는 이제 작가도 알고 이야기도 알고 문제도 안다. 한 마디로 이 책에 대해 모든 걸 장악하고 있다. 그 상태로 잠시 둔다. 일이 주 정도. 그럼 초벌구이한 번역이 잘 마르고 굳는다.

그 뒤에 다시 작업에 들어간다. 이번에는 견고하고 꼼꼼한 낱말 대 낱말, 뉘앙스 대 뉘앙스 대결이다. 이건 컴퓨터 앞에서

하지 않고 원고를 프린트한다. 미색 에이포 용지, 한 장에 두 쪽이 들어가게 인쇄한다. 그렇게 작은 글씨로 책을 읽으면 눈이 나빠진다고 잔소리하는 친구도 있지만, 그렇게 봐야 책을 냈을 때와 같은 펼침면 상태로 볼 수 있다. 인터넷은 필수다. 어떤 어휘가 애매하면 반드시 구글이나 야후재팬에서 이미지 검색을 한다. 언어로만 보았을 때와 전혀 다른 느낌이 나는 사물이나 물건이 종종 있다. 미세한 검증과 조종의 시간이다.

내가 가장 좋아하는 단계는 편집자와 교정자가 원고를 빨간 펜으로 수정해 보내올 때다. 어떤 번역가는 그 단계가 제일 싫다고 한다. 누군가 자기 글에 엑스 표시를 하는 것 같다고 한다. 하지만 나는 정말로 그때가 제일 즐겁다. 마치 내가 아닌 타인의 작업물을 읽는 듯한 기분이라 재미있다. 아, 이 부분을 이렇게도 고칠 수 있구나. 이 부분은 내가 정말 잘못했네, 비문을 썼네. 아니야 이 부분은 내가 한 것이 맞아, 그편이 옳아, 훨씬 좋아. 그런 교환의 시간이 즐겁다.

살아 있는 저자의 글을 번역할 때는 가끔씩 저자에게 직접 편지를 보내 물어보기도 하고 의견을 교환한다. 그것도 무척 즐거운 과정이다.

편집자가 보내오는 편집본을 포함해 스무 번 가까이 원고를 읽고 나면 책이 세상에 나올 출간일이 임박해진다. 진통이 시작되는 것이다. 그렇게 봐도 오타는 나온다. 내 아이가 상처를 안고 태어난다는 게 이런 기분일까. 초판이 모두 팔리면 행복하다. 아이 상처를 말끔히 치료할 수 있다! 재판을 찍는다는 소식이 들려오면 다시 꼼꼼히 읽으며 오타를 잡아낸다.

그런 작업이다.

* 작자 미상, 『고금와카집』

곧 오겠노라 그대는 말했지만 늦가을 긴긴

밤을 지새우다 지새는달 보네

今来むと　言ひしばかりに　長月の

有明の月を　待ち出でつるかな

기다림의 미학

우리는 인생에서 얼마나 많은 것을 기다릴까. 열차를 기다리고, 친구를 기다리고, 소식을 기다리고, 계절을 기다리고, 사랑을 기다리고……. 기다리던 것을 기다리다가 밤을 지새우며 지새는달을 보기도 한다. 지새는달을 본다는 건 결국 기다리던 게 오지 않았다는 뜻이리라. 하지만 아무리 밤이 끝나지 않을 것처럼 길어도 해는 뜨고 새날이 밝는다. 문제는 기다림의 시간을 어떻게 지치지 않고 포기하지 않고 슬기롭게 보내느냐.

글을 쓰는 사람은 언제나 기다린다. 좋은 생각이 오기를, 좋은 글감이 오기를. 그건 억지로 찾아 나선다고 해서 해결되는 문제는 아니다. 자기 안에서 생각이 자라고 뿌리를 내려 글로 영그는 시간이 필요하다. 열매가 익을 때까지 기다리는 일과 닮았다.

오늘은 같은 작업실을 쓰는 재원이가 괴로워 보인다. 지금 어떤 책의 역자 후기를 쓰고 있는데 마무리 지을 마지막 한 단락이 도무지 생각나지 않는단다. 그럴 땐 멍하니 앉아서 흰 한글 파일 바탕을 몇 시간이고 쳐다봐도 그대로다. 나가서 좀 걸어보는 게 어때, 내가 말했다. 때로는 신선한 공기를 마시며 아무 생각 없이 걷는 것이 도움이 된다. 운동화를 신고 그저 가볍게 한 걸음 한 걸음 걷는 것만으로도 생각이 정리되고 정신이 맑아진다. 그러다 갑자기 거짓말처럼 좋은 생각이 떠오른다. 산책은 생각을 기다릴 때 만나러 가는 가장 좋은 친구다.

몇 년씩 기다려도 좀처럼 들려오지 않는 소식도 있다. 나는 칠팔 년 전부터 어떤 소설 하나를 공모전에 계속 출품하는 중이다. 매년 소재가 같은 작품을 조금씩 갈고 닦아서 올해가 마지막이다, 올해가 마지막이야 하는 생각으로 내고 기다리는데 번번이 미끄러진다. 다른 이야기를 써볼까 생각도 했지만, 이 이야기를 털어내지 않으면 다른 이야기를 쓸 수 없을 것 같다.

그래서 같은 소재를 두고 주인공을 바꾸고 플롯을 바꾸고 제목을 바꿔가며 쓰고 또 쓴다.

언젠가 어떤 출판사에서 기다리던 연락이 온다면 그 이야기가 세상에 나오겠지만, 아니라면 영원히 아무도 모른 채 세상에서 사라지리라. 마치 한 번도 세상에 오지 않았던 것처럼 말이다. 나는 오늘도 소식을 기다린다. 당신이 지난 세월 동안 품어왔던 그 이야기를 우리가 책으로 내겠습니다, 하는 소식을.

여름밤은 짧지만 가을로 접어들면 운동 방향이 바뀐다. 그래서 늦가을 밤은 더욱 길게 느껴진다. 하지만 기다림이 길어질수록 계절의 변화 따위는 신경 쓰이지 않는다. 더 진득하게 기다릴 수 있다. 기다림의 내공이 생긴다. 더 잘 기다리게 된다. 기다리면서 나를 더욱 갈고 닦는 시간을 갖는다. 다른 모든 일에서도 그런 힘이 생긴다. 오늘도 내일도 기다리겠지만 불행해지거나 조급해지지 말아야지.

* 소세이素性, 『고금와카집』

기쁨과 슬픔 둘은 모두 똑같은 마음일지니

눈물 흐르는 데는 서로 구별이 없네

嬉れしきも　憂きも心は　ひとつにて

別れぬ物は　涙なりけり

울다가 웃다가

영화 「두 교황」에서 새로 선출된 베르골리오 프란체스코 교황이 사람들 앞에 나서기 전에 이렇게 기도하는 장면이 인상 깊었다.

"주여, 제가 눈물을 흘려야 한다면 슬픔의 눈물 대신 기쁨의 눈물을 흘리게 하소서."

오래전 일본의 이름 모를 시인도 필시 같은 마음으로 이 시를 지었으리라. 영광의 승리도 슬픔을 딛고 온다. 이별의 아픔도 지나간 날이 너무 아름다웠던 탓이다. 서로 완전히 다른 성질인 듯 보이는 것도 긴밀하게 붙어 있다. 어느 것이 기쁨이고 어느 것이 슬픔인지 정확히 구분해 떼어내어 말하기 힘들다. 인생이란 그런 것.

내가 써서 책이 된 유일한 소설이 한 권 있는데 제목이 『모기 소녀』다. 아홉 살 소녀가 모기가 되어 사연 있는 곤충들과 기이한 여행을 떠난다는 장편동화다. 이 소설은 여러 공모전에 냈다가 고배를 마시고 애니메이션 시나리오로 각색해서 상을 받았다. 동화책이 된 건 그다음이다. 아무튼 시나리오 공모전 시상식에 참여한 나는 상과 꽃다발을 받고 수상소감을 발표하러 단상에 올라 마이크 앞에 섰다.

"제가 이 이야기를 쓴 건······ 혼자서 옥탑방에 살 때 저를 찾아온 모기 한 마리 덕분입니다. 외롭고 심심했던 그때······ (여기서부터 나는 눈물이 터졌다) 저를 찾아와준 모기와(어엉) 거미와 (으어엉) 바퀴벌레(으어어어엉엉)······ 에게 이 영광을 돌립니다."

좌중이 웃음을 터뜨렸다. 울다가 나도 같이 웃었다. 살면서 모기와 바퀴벌레에게 영광을 돌리며 눈물 흘릴 날이 오리라곤 생각지 못했다. 물론 기뻤지만 마냥 기쁜 맘은 아니었다. 어쩌면 조금 슬펐을지도 모른다. 모기와 신경전을 벌이면서도 신이 나서 글을 쓰던 그때는 이제 다시 영영 돌아오지 않을 테니.

시상식장을 나서는데 모르는 사람이 다가와 인사를 한다. "수상소감이 감동적이었습니다. 저도 찔끔 눈물이 났어요." 인간은 도대체 왜 우는 걸까. 무엇이 마음을 움직이게 할까. 나는 늘 그게 궁금해서 오늘도 소설의 소재를 생각한다.

세상사는 뭐든 명확하게, 이것은 이렇고 저것은 저렇다 판단 내리기 어렵다. 그런 게 또 세상 사는 맛이겠지만. 올해도 날이 풀리니 벌써 벌레 군단이 움직이기 시작했다. 매년 어려운 문제다. 이걸 죽여야 하나, 살려야 하나.

* 작자 미상, 『후찬와카집』

겨울나기에 멍하니 바라보던 가지 사이로

꽃 피어난 것처럼 눈 쌓이어 있구나

冬ごもり 思ひかけぬを 木の間より
花と見るまで 雪ぞふりける

그 겨울 '고요서사'

눈이 내리면 생각나는 서점이 있다. 길을 걷다 하늘에서 흰 눈송이 폴폴 날리기 시작하면 내 발길은 해방촌 문학서점 '고요서사'로 향한다. 노란 등이 걸린 서점에 앉아 격자 창문 너머로 바라보는 눈 내리는 풍경을 사랑하기 때문이다. 고요한 손님 같은 눈과 시와 소설에 둘러싸여 마음에 드는 책 한 권을 사서 읽는다. 겨울이면 작은 바구니에 귤 몇 알이 놓여 있다. 나눠 먹어요, 주인장을 꼭 닮은 글씨에도 마음이 녹는다.

"고요한 세계를 드려요."

처음 서점을 찾았을 때, 나는 책방을 상징하는 이 문구에 마음을 빼앗겼다. 나에게 고요한 세계를 선사할 서점. 어딘가에 그런 곳이 존재한다는 것만으로도 행복하지 아니한가. 나는 책 손님으로 시작해 낭독회를 들으러 가기도 하고 낭독회를 열기도 하며 내가 좋아하는 곳에 나를 두었다. 좋아하는 공간에 몸을 둔다, 그것만으로도 인생은 많은 것이 바뀐다. 사람이나 동물이나 그들이 자리한 공간의 물이 들기 마련이다.

책상을 가운데 놓고 둘러앉으면 일고여덟 명 남짓. 어느 해 12월의 저물녘이었다. 그해는 유난히 눈이 많이 왔던 것으로 기억한다. 내가 일본 산문을 골라 옮긴 『슬픈 인간』이라는 책을 냈을 때다. 늘 놀랄 만큼 멋진 서점 강의를 기획하는 주인장의 제안으로 '산문 사이로 걷기'라는 수업을 준비해보았다. 책에 실은 산문을 읽기도 하고, 책에 싣지 못한 편지를 공개하기도 하고, 일본 작가의 계보를 소개하기도 했다. 예를 들면 소설가 나쓰메 소세키와 하이쿠 시인 마사오카 시키가 둘도 없는 친구였으며 그 둘의 만남이 일본 근대문학의 시와 소설을 폭발적으로 성장시켰다는 것 같은 이야기.

나와 함께 시와 산문 사이로 걷기 위해 멀고도 가까운 곳에서 해방촌 가파른 언덕 위로 모여든 사람들의 면면은 순수하고도 아름다웠다. 나도 강의는 처음이라 수업 시작 전에는 저녁도 못 먹을 만큼 떨렸지만 달랑 방울 소리와 함께 눈을 털며 들어오는 사람의 얼굴을 보면 마음이 편안해졌다. 멀리 송도에서 학생을 가르치는 분도 있었고, 일본에 살다가 잠깐 한국에 들어온 분, 그림을 그리는 분, 직장에 다니는 분, 다양한 사람이 모였다.

"음, 오늘은 다 같이 하이쿠를 지어볼까요?"

다들 당황한 기색이다. 어, 시를 지으러 온 건 아닌데요, 그냥 일본 문학 이야기를 들으러 온 건데요. 실제로 그렇게 말하는 사람도 있었고 말하지 않아도 모두 그런 의지를 발산하는 표정이었다.

"네, 그런 표정들 지으실 줄 알았어요. 하지만 문학이든 뭐든 역시 자기가 한번 해봐야 제일 잘 알게 되고 재미도 있으니까요. 우리 한번 해봐요. 나도 지어볼게요."

그날 내가 제시한 계절어는 '겨울나기'였다. 열일곱 자로 된 세상에서 가장 짧은 시 하이쿠. 거기엔 항상 계절어가 들어간다. 지금 이 계절이라는 공간에 둘러싸인 나, 그런 나의 마음과 상태를 거짓 없이 있는 그대로 읊어보는 것이다. 짧은 시 한 수에 그 순간 나의 모든 존재가 응집된다. 한 사람 한 사람이 저마다 다르게 보고, 저마다 다르게 느끼는 순간이 아름답다.

"후유고모리冬籠り는 추운 겨울날 따뜻한 곳에서 몸을 움츠리고 어서 추위가 가시길 기다리는 표현입니다. 고모리는 새끼고양이가 바구니에 들어간 모습처럼 어딘가에 틀어박혀 나오지 않을 때 쓰는 표현인데, 한국어로는 적당한 단어가 없으니 겨울나기로 번역해볼게요. 5·7·5자 가운데 마지막 다섯 음절을 '겨울나기여'로 고정하고 지어보겠습니다."

천 년 전 서정적인 와카를 지었던 이름난 츠라유키도 '후유고모리' 하며 방에 틀어박혀 창밖을 보다가 시린 나뭇가지에 쌓인 눈을 꽃인 양 보았다는 귀여운 와카를 남겼다. 고요서사에서도 다들 고개를 숙이고 겨울나기 하이쿠를 짓는다. 서점 안은 난로 불빛이 따뜻하다. 창밖엔 눈이 내린다.

"고요한 서사 눈보라 속 따순 빛 겨울나기여."

나는 이렇게 끄적여본다. 괜찮나? 모르겠네. 조금 평범해. 그래도 괜찮다. 지금 있는 곳, 지금 내 마음. 그걸로 된 거야. 돌아가며 한 사람씩 발표하는데 다들 깜짝 놀랄 만큼 멋진 하이쿠를 지어낸다. 아니, 아니, 조금 전까진 안 쓰겠다고 하시던 분들이 맞나요? 잿빛 스웨터를 입은 남성이 노래한다.

"까진 귤껍질 할머니 주름 같은 겨울나기여."

우리는 다 같이 책상 위에 까진 귤껍질을 보았다. 정말 할머니의 주름 같네. 할머니 생각이 났다. 이 사람도 이불 속에서 할머니와 귤 까먹던 추억이 있을까. 크고 깊은 눈을 가진 여성이 노래한다.

"지하 주차장 차 밑 고양이 한 쌍 겨울나기여."

나도 모르게 눈물을 쏟을 뻔했다. 그해 겨울밤, 나는 그렇게 겨울을 났다.

* 기노 츠라유키, 『고금와카집』

오구라산의 산봉우리 단풍아 마음 있다면

조금만 더 그대로 지지 말고 있어다오

小倉山　峰のもみち葉　心あらば

今一度の　みゆきまたなむ

노트북코

다자이 오사무의 초기작에 「참새새끼」라는 소품이 있다. 원
제는 '雀こ(스즈메코)'. 마을 아이들이 다 같이 놀면서 절에 사
는 어눌한 아이를 은근히 따돌리는 내용으로, 처음부터 끝까
지 다자이의 고향인 쓰가루 사투리로 쓰였다. 서너 장짜리 짧
은 단편이었지만 번역하면서 그 사투리 때문에 진땀을 뺐다. 특
히 제목에 붙은 '코 こ'가 도통 무슨 뜻인지 알 수 없었다. 의문이
풀린 건 쓰가루 여행에서다. 다자이의 구옥을 관리하는 시라

카와 씨가 쓰가루 토박이라기에 혹시나 싶어 물었더니 이런 대답이 돌아왔다.

"아, 그건 말이죠, 쓰가루 사투리입니다. 쓰가루 사람들은 뭐든 자기가 귀여워하는 것에 '코'를 붙인답니다. 비가 내리면 빗방울을 아메코雨こ, 꽃잎이 떨어지면 꽃송이를 하나코花こ라고 부르죠. 매일 쓰는 책상을 쓰쿠에코机こ, 매일 걷는 마루를 유카코床こ라고도 부릅니다. 자기가 마음을 쓰고 정을 주는 것에 붙이는 애칭 같은 거예요."

일본말로 코子는 아이를 이른다. 참새나 토끼 같은 동물이야 새끼도 있고 꼬마도 있으니 그러려니 싶지만 빗방울이나 책상에까지 아이야, 꼬마야 하고 부른다니. 생물이든 무생물이든 꼭 거기에 혼이 깃들어 있다고 믿는 일본 사람답다고 생각했다. 그러고 보니 고양이를 뜻하는 '네코ねこ'도 '자는 아이(네루ねる는 자다라는 뜻)'에서 왔다는 속설이 있다. 새근새근 잠자는 아이를 바라보는 마음으로 고양이를 사랑해서였을까.

이 와카에는 오구라산 단풍이 너무 아름다워 사랑하는 사람을 데리고 와서 보여주고 싶다는 마음이 담겼다. 단풍아, 부디 너에게 마음이 있다면 조금만 더 지지 말고 기다려주렴. 그런 마음이 담긴 노래다. 천 년 전, 그도 분명 사랑스러운 어린아이 보듯 단풍을 바라봤으리라.

요사이 내가 가장 아끼는 아이는…… 아침부터 밤까지 나와 함께하는 노트북코. (아이야, 제발 죽지 말고 나랑 오래오래 같이 가자.) 지금 막 키보드를 두드리는 이 작은 노트북에 정말로 작은 요정 같은 혼이 깃들기 시작했다고 상상해본다. (하하, 일이 조금씩 즐거워지는걸?) 그렇게 하루하루 나를 둘러싼 생물 무생물과 마음을 나누며 살고 있다.

* 후지와라노 타다히라藤原忠平, 『습유와카집』

나의 마음은 몸 버리고 어디로 가버린 걸까

생각대로 안 되는 마음이로구나

身を捨てて　ゆきやしにけむ　思ふより
外なるものは　心なりけり

가출

마음은 종종 집을 나간다. 나의 마음이 집을 나갔을 때, 나는 정말로 큰 트렁크를 싸 들고 집을 나왔다. 놀러 나가자는 마음의 말을 들은 건 그때가 거의 처음이었다.

나는 아주 오랫동안 말 잘 듣는 착한 아이였다. 야성이라고는 없었다. 고등학교 때, 이삼일 가출했다가 집에 들어온 같은 반 친구를 보고 내심 깜짝 놀랐다. 엄마에게 대학생 과외 선생님과의 연애가 들켜서 반발심에 둘이서 여행을 다녀왔다고 했다. 와, 대단해, 가출이라니. 대학생 과외 선생님과의 연애라니. 책을 읽으며 상상으로나 그려보던 일이다. 교복으로 꽁꽁 감싼 내 마음은 흙 속에 파묻힌 돌멩이보다 얌전했다. 돌멩이는 움직이는 일 없이 내내 꿈만 꿨다.

어른이 되었다. 먹고살 길을 찾았다. 연애를 했다. 술을 마셨다. 여행을 갔다. 하지만 무엇도 일탈은 아니었다. 이렇게 얌전하게 끝나는 것인가?

결혼을 하고 아이를 낳고 가정을 꾸리고 책임감 있는 어른이 되어 사회에 이바지……. 잠깐만, 잠깐만, 다 좋다 이거야. 나도 한때 꿈이 현모양처였다(?!). 하지만 이건 뭔가 잘못됐다는 생각이 들었다. 마음대로 실컷 살아보고 싶었다. 마음이 가는 대로 몸을 움직이며 이리저리 발길 닿는 대로 방랑하고 싶었다. 흙 속에 파묻혀 있던 돌멩이가 갑자기 튀어 올라 요동을 쳤다.

회사를 관뒀다. 짐을 쌌다. 적금을 해지했다. 항공권을 샀다. 일본에 하숙집을 얻었다. 한바탕 비가 퍼붓고 어느 날 새싹이 돋아나듯, 나는 혼자 낯선 세상에서 기지개를 켰다. 태어나 처음으로 자유를 느꼈다. 독립, 나를 낳아주고 길러준 사람들과 사회로부터 떨어져 나옴. 거기서부터 시작이었다. 돌멩이인 줄 알았던 내 마음이 어디로 뻗어나갈지 알 수 없는 나무의 씨앗이었다는 걸, 그때 알았다.

마음이 쩡쩡거리며 갈라진다는 건 그런 뜻이다. 마음이 요동치며 몸을 뛰쳐나가려 할 때, 그때가 인생에서 가장 중요한 순간이다. 사람마다 형상과 시기는 달라도 누구에게나 온다. 나의 생김새를 내가 만들어가는 때. 나의 마음은 몸 버리고 어디로 가버린 걸까, 그런 노래가 절로 흘러나올 만큼 마음이 텅 비어버릴 때. 인생에서 새로운 국면이 도래한 순간이다. 한숨만 쉬지 말고 가출한 마음을 찾아 어서 몸을 움직여야 한다. 보통은 그럴 때 그간 몸이 가진 것을 다 버리고 놓아야 한다. 그건 매우 어렵고 큰 용기가 필요한 일이다.

하지만 아무리 붙들려 해도 이미 떠난 마음은 아무도 못 말린다. 정말이지 생각대로 안 되는 게 마음이니까. 몸이 쫓아갈 수밖에 없다. 마음이 가출한 몸은 금세 녹이 슨다. 거미줄이 쳐진다. 폐가가 된다. 조금만 건드려도 무너져버린다. 그러니 집 나간 마음을 함부로 못 본 척 무시해서는 안 된다.

* 오시코치노 미쓰네凡河内躬恒, 『고금와카집』

3장
고독을 응원합니다

길게 늘어진 숲속의 산꿩 꼬리 기나긴 꼬리

긴긴밤을 그리며 나 홀로 뒤척일까

あしびきの　山鳥の尾の　しだり尾の

ながながし夜を　ひとりかも寝む

아름다운 고독

작년 봄, 치바에 있는 와카타케 치사코 작가님 댁에 다녀왔
다. 『나는 나대로 혼자서 간다』라는 소설을 번역하면서 인연을
맺은 분이다. 예순세 살에 발표한 데뷔작이 일본에서 가장 권
위 있는 문학상인 아쿠타가와상을 받아 화제가 됐다.

한국에서 책 출간에 맞춰 작가님을 초청해 출판기념회를 연
다기에 편집자와 함께 인천공항으로 마중을 나갔는데, 날카로
운 성격이면 어쩌나 하는 걱정과 달리 통성명을 하자마자 자신

을 치사짱이라 불러달라고 했다. '짱ちゃん'은 친한 사이끼리 격의 없이 부를 때 이름 뒤에 붙이는 말이다. 나는 적응이 안 돼서 선생님(센세), 선생님 했지만 그때마다 그러지 말고 치사짱이라고 해, 슌짱! 하셨다. 그날 편집자 지혜는 뎨짱이 되고 일본 편집자 다케하나는 다케짱이 되어 넷이서 밤 깊도록 족발 안주에 막걸리를 마셨다.

그날이 그리워 이번엔 내가 작가님 댁을 찾았다. 치사짱은 도쿄에서 버스로 한 시간쯤 걸리는 기사라즈라는 소도시에서 혼자 살고 있었다. 버스정류장에 내리니 그리운 얼굴이 환한 미소로 손을 흔든다. 치사짱이다. 나를 보자마자 와, 슌짱! 하는 모습에 나도 모르게 어금니가 보일 만큼 활짝 웃었다.

우리는 치사짱의 작은 와인색 자동차를 타고 집으로 향했다. 바다가 보이진 않았지만 창문을 내리니 어디선가 짭조름한 물 냄새가 났다. 저물녘 하늘엔 뭉게구름이 여러 겹 분홍으로 물들고 있었다.

오래된 이층집. 소설 속 모모코 씨가 살 것만 같은 그런 집이었다. 난로가 켜진 따뜻한 거실에는 떡을 넣은 팥죽이며 도미조림, 회 같은 음식이 한 상 차려 있었다. 서울에서 우리 엄마가 치사짱을 집에 초대해 식사를 대접한 적이 있는데, 그때 먹은 맛있는 김치와 전과 나물에 비하면 보잘것없다고 한다. 그럴

리가요! 엄마보다 두 살 어린 치사짱은 은근히 한국 주부의 수준 높은 요리 실력에 놀라움을 금치 못하는 눈치였다. (아니, 여기 이 김치, 깍두기, 갓김치를 슌짱 어머니가 직접 집에서 담았다고요?!) 그러나 내 입맛엔 간장으로 심심하게 간을 한 치사짱의 도미조림도 잊을 수 없는 맛이었다.

깊어가는 봄밤, 우린 꿈처럼 둘이서 술을 마셨다. 한참 술이 돌았을 때, 치사짱이 발그레한 얼굴로 철 지난 달력을 들고 왔다. 어릴 때 할머니 집에서나 보던 큼직한 달력이었다. 검고 진한 숫자가 말발굽처럼 박힌 달력 뒷장엔 시원스러운 연필 글씨로 다음 작품에 대한 구상이 적혀 있었다.

"나는 이렇게 생각나는 대로 큼직큼직하게 쓰는 게 좋아. 지금은 머릿속에 떠오르는 걸 다 쏟아내고 있어. 나에게 글을 쓰는 일이 없었다면 얼마나 외로웠을까."

그러곤 은근한 눈빛으로 창밖의 어둠을 내다보며 이 와카를 읊었다.

"길게 늘어진 숲속의 산꿩 꼬리 기나긴 꼬리…… 정말이야, 밤이 깊으면 시간이 안 가. 죽죽 늘어져. 그러면 내가 살아온 날도 떠오르고 날 떠난 사람도 떠오르고. 긴긴밤을 그리며 나 홀로 뒤척일까…… 슌짱, 인생은 고독한 거야. 이만큼 살았는데도 어째서 이렇게 밤마다 외로울까?"

그날 밤 나는 독립한 따님이 쓰던 이층 작은방에 누워 잠을 청했다. 마음이 편치 않았다. 치사짱의 쓸쓸한 모습이 나의 미래 같기도 하고, 모두의 인생 같기도 했다. 인간은 저마다 긴긴밤을 뒤척이며 홀로 걷고 있구나. 그런, 슬픈 동물이구나.

고독한 치사짱은 지금도 볕이 잘 드는 따뜻한 거실 테이블에 앉아 오래된 달력 뒷장에 자신의 이야기를 써 내려가고 있겠지. 긴긴밤을 외로이 버텨낸 치사짱의 이야기는 두 번째 작품에서 만날 수 있으리라.

여러분도 지치지 말고 한 걸음 한 걸음 나아가주세요. 당신의 고독을, 응원합니다.

* 가키노모토노 히토마로柿本人麻呂, 『습유와카집』

어중간하게 인간으로 살기보단 술독이 되어

오롯이 술과 함께 나는 살고 싶어라

なかなかに　人<small>ひと</small>とあらずは　酒壺<small>さかつぼ</small>に

成<small>な</small>りにてしかも　酒<small>さけ</small>に染<small>し</small>みなむ

술독이 되고파

어이, 이보세요. 인간 그만두고 술독이 되겠다고요? 요즘으로 치면 "나 있잖아, 소주가 너~~무 좋아. 어중간하게 인간으로 사느니 차라리 이 초록 병이 되고 싶어. 그럼 온종일 붙어 있을 수 있을 텐데"라고 중얼거리는 꼴인데. 이 정도면 알코올중독입니다, 알코올중독이에요.

어쩌고 하면서 훈계하듯 팔짱 끼고 읽다가 문득 가만 이거 나의 미래가 되지 말라는 법도 없겠는데? 고백하자면 냉장고

속에서 차고 예쁜 자태로 날 기다리는 초록 병이 오래 사귄 친구처럼 느껴진 적이 있다. 한적한 숲속으로 여행을 떠나 술을 마시다가 당연히 있겠지 하고 냉장고 문을 열었는데 초록 친구가 다 떠나고 없을 때, 그 망연자실함. 근처엔 슈퍼도 없고, 그럴 땐 꼭 잠도 안 온다.

일본의 한국식 주점에서도 초록 병에 담긴 소주를 쉽게 볼 수 있다. 하지만 어, 이게 아닌데? 싶었던 건 일본 친구들이 소주에 물을 타 마시는 광경을 보았을 때다. 위스키처럼 온더록스 잔에 얼음 넣고 찬물을 타 마시기도 하고 추운 날엔 뜨거운 물을 부어서 따뜻하게 마시기도 한다. 옆에서 나도 마셔보았는데, 내 입에는 그저 맹물 같아서 미간을 찡그렸다. 아니야, 아니야, 이건 내가 아는 내 친구의 맛이 아니야.

7세기 야마토시대. 어영부영 인간으로 사느니 차라리 술독이 되고 싶다고 노래한 오토모노 타비토는 언뜻 보면 한량 같지만, 당시로선 매우 높은 관직인 다이나곤大納言까지 오른 유명 정치인이다. 그러나 정치판이란 예나 지금이나 잘날수록 견제당하기 쉬운 곳, 그도 죄 없이 교토 조정에서 쫓겨나 머나먼 규슈 다자이후로 좌천이 된다. 그 과정에서 사랑하는 아내도 세상을 떠나고 남은 친구는 술뿐인 그때, 타비토는 '술의 찬가讚酒歌 13수'를 남긴다.

자신에게 고통만 남긴 인간에게 염증을 느끼고, 이도 저도 싫으니 술과 벗하겠노라 노래하는 모습에서 인간의 나약한 모습이 보인다. 또 그런 나약함이 인간을 인간다워 보이게 하는 것이리라. 너무 슬프니까 인간은 됐고 술독이 되겠다니. 귀엽지 않은가. 타비토가 남긴 술의 찬가를 몇 편 더 읽어보자.

잘난 체하며 주절대기보다는 술이나 먹고
눈물 펑펑 쏟는 게 훨씬 낫지 않은가

보기 싫어라 똑똑한 얼굴하고 술 안 마시는
사람을 꿰어보면 원숭이를 닮았다

세상의 놀이 그중에서도 가장 산뜻한 것은
술에 취해 서럽게 우는 것이라 하네

이번 생에서 즐거울 수 있다면 다음 생에는
벌레든 새든 뭐든 나는 모두 되리라

산 자는 결국 죽은 자가 되는 법 이 세상에서
살아 있는 동안은 즐거이 살고파라

유쾌하고도 시원시원한 가풍이로다! 무릇 애주가라면 타비토의 술의 찬가에 고갤 끄덕이며 기뻐하리라. 눈치 볼 것 없이 느끼는 그대로를 뱉어낸 타비토의 와카에서 나는 경쾌한 해방감을 느낀다. 살아 있는 동안은 즐겁게 웃고, 서럽게 울다 가겠다. 그것만큼 좋은 것이 또 있을까.

타비토의 와카는 당나라 이태백이 달빛 아래 홀로 술잔 기울이는 「월하독작」이며, 취한 인간의 카니발을 그린 라블레의 『가르강튀아와 팡타그뤼엘』이며, 엉망으로 취해 울먹거리는 다자이 오사무의 『인간실격』과 같은 선상에 있다. 인류 역사에서 그들은 언제나 '인간으로 태어나, 인간의 본능을 누리며, 인간답게 살자'고 주장한 부류였다. 전쟁이나 국가나 그 무엇이 사람을 억압할 때마다 그들은 나타났다. 인간의 본성을 억누르는 것에 대한 반발이었다.

뭐, 나 같은 사람은 그저 여유 있는 술자리를 좋아할 따름이다. 좋은 사람과 아무래도 좋을 이야기, 아무렇지만은 않은 이야기를 나누며 술잔을 톡 부딪칠 때 나는 그 맑은 소리가 좋다. 오래오래 마시고 싶기 때문에 입술을 살짝 적실 정도만 마시고 내려놓는다. 추운 날 모닥불에 다가앉아 불을 쬐는 기분으로 한 방울의 알코올을 심장에 살짝 끼얹어준다. 그런 밤이면(혹은 낮에도) 나는 살아 있다는 사실이 더없이 행복하다.

누구도 내게서 이것을 빼앗아갈 순 없어! 아니, 있네, 있어. 내게서 그 행복을 앗아갈 수 있는 단 하나의 존재, 나의 간肝. 부디 오래오래 나와 함께 건강해주오. 나도 그대를 소중히 여길 테니, 그대도 나를 버리지 말아다오.

* 오토모노 타비토大伴旅人, 『만엽집』

가을바람은 어떠한 색이기에 이리도 몸에

절절히 스미도록 슬프고도 슬픈지

秋_{あき}吹_ふくは　いかなる色_{いろ}の　風_{かぜ}なれば

身_みにしむばかり　あはれなるらん

바람이 분다

　바람에 색이 있을까? 오늘 아침 창을 여니 연보라색 바람이
분다. 마음이 들뜨는 약속이 있는 날이기에. 어젯밤 너와 헤어
질 때 불던 바람은 아무도 보지 못한 심해의 색이었다. 이 관계
를 뭐라고 규정해야 할지 나조차 알 수 없다. 맛있는 음식을 먹
으면 코끝으로 개나리색 바람이 분다. 아무것도 모르던 어린
시절로 돌아간 듯 그저 행복해. 지금, 미역국을 끓이는 지금 내
방은 해초 색으로 가득하다.

눈에 보이지 않는 것을 눈에 보이는 언어로. 먹을 수 없는 것을 먹을 수 있는 언어로. 만져지지 않는 것을 만져지는 언어로. 이렇게 바꾸어 불러보는 것을 우리는 시라고 한다. 예를 들면 기형도의 「입 속의 검은 잎」.

그 일이 터졌을 때 나는 먼 지방에 있었다
먼지의 방에서 책을 읽고 있었다
문을 열면 벌판에는 안개가 자욱했다
그해 여름 땅바닥은 책과 검은 잎들을 질질 끌고 다녔다
......
이곳은 처음 지나는 벌판과 황혼,
내 입속에 악착같이 매달린 검은 잎이 나는 두렵다

입 속에 악착같이 매달린 검은 잎, 말할 수 없는 말, 말하지 못할 말. 그러나 끝끝내 떨어지지 못하고 입에 붙어 있는 말. 그에게 말은 검은 잎과 같은 색이었다.

나는 해풍을 맞으며 피어난 진한 동백꽃 색을 지닌 사람을 알고 있다. 그녀는 만날 때마다 무언가를 뜨겁게 좋아하고 무언가에 뜨겁게 흥분하지만, 항상 어떤 선에서 침착함을 유지한다. 그녀의 내면에서 남모르게 일어나고 있을 감정의 균형을 위

한 줄다리기가 어쩐지 동백꽃을 닮았다.

　또 삼십 년쯤 비가 내리지 않은 마른 강바닥 색을 지닌 사람도 알고 있다. 그는 자기 아집과 고집으로 똘똘 뭉쳐서 그 누구의 조언도 들으려 하지 않지만, 간절히 비가 오기를 기다리는 농부의 마음으로 사람을 기다린다. 건조한 그의 마음에 조금이라도 물을 뿌려주고 싶어서 가끔 불러내 술을 마신다.

　이런 색이어도 좋고 저런 색이어도 좋다. 색은 무엇이든 다채로울수록 좋다. 가장 미운 건 온통 같은 색, 비슷한 색으로 칠해진 세상이다. 천 개의 조각이 모두 노랑이라면 혹은 검정이라면, 나는 억지로라도 천한 번째의 파랑이나 천한 번째의 하양이 되리라. 그것만이 세상을 구할 수 있다는 이상한 믿음이 있다.

* 이즈미 시키부和泉式部, 『사화와카집』

따분합니다 사람을 그리다가 원망하다가

속절없는 세상에 근심하는 내 모습

人もをし　人も恨めし　あぢきなく

世を思ふ故に　もの思ふ身は

좋았다 싫었다

사람이 그립습니다. 하지만 동시에 사람이 원망스럽습니다. 저는 어찌하여 이렇게 생겨먹었단 말입니까. 그런 상반된 감정 속에 한 발씩 집어넣고 살아가는 게 인간이 아닐까.

나도 예외는 아니어서 작년엔 카카오톡을 탈퇴했다가 다시 가입하고 말았다. 처음엔 가족이고 친구고 매 순간 채팅방으로 연결된 게 버거웠다. 실시간으로 외로움을 쏟아내는 친구들을 향해 나는 너의 감정 쓰레기통이 아니야! 하고 외치고 싶었다.

내가 알고 싶지 않은 정보와 이미지와 동영상을 봐야 한다는 게 너무 피곤했다. 나도 모르게 채팅창에 쉽게 말을 흘려 상대방에게 상처를 주는 일도 있었다. 그래서 아예 탈퇴했다. 처음에는 그렇게 자유로울 수 없더니 어느 순간부터 쓸쓸해지기 시작했다. 나는 혼자 있어도 외로움을 타지 않는 강인한 사람이라고 생각했는데. 사람이 그립다. 고립되기 싫다. 그래서 다시 깔았다. 이랬다저랬다, 따분합니다.

백 년 전 일본에 미스터리의 초석을 세운 탐정소설가 에도가와 란포도 비슷한 고민을 했다. 당시 도쿄는 갑작스레 전국에서 사람들이 몰려들면서 폭발적으로 도시가 커지고 있었다. 거리에는 고향을 떠나 대도시로 왔지만 직업을 찾지 못한 실업자로 넘쳐났다. 다들 인파에 치이며 사는 걸 지긋지긋해하면서도 시끌시끌한 도시 안에 남고 싶어 했다. 한적한 시골에 고립되길 원치 않았다. 그런 사람들의 심리를 소설로 드러낸 사람이 에도가와 란포다.

그의 소설 속 주인공은 모두 대도심의 어느 구석으로 숨어든다. 아파트의 지붕과 천장 사이 빈 곳을 산책하고, 허름한 책이 가득 쌓인 헌책방 속으로 도망을 가고, 심지어는 의자 속에 숨어 사는 인간을 다룬 「인간의자」라는 단편도 있다. 세상에 환멸을 느낀 남자가 자기가 만든 소파 속으로 들어가 산다는 이야기다. 옛날 같으면 속세를 떠나 절로 들어갈 일을 이 남자, 도시를 떠나고 싶지는 않고 도시 안에서 자기 흔적을 지워버리고 싶은 욕망은 있어 의자 속으로 숨어드는 기이한 행동을 한다. 나 같은 사람은 인간 세상을 미워했다 그리워했다, 카카오앱을 지웠다 깔았다 하고 있다.

이 와카는 몰락한 왕의 고뇌가 녹아든 시다. 헤이안시대까지만 해도 왕이나 상왕에게 막대한 권력이 있었지만, 교토에서 머나먼 동쪽 땅 가마쿠라에 들어선 가마쿠라막부가 천하를 쥐락펴락하면서 왕이 무사에게 무릎을 꿇는 굴욕을 맛보았다. 이 와카를 노래한 고토바왕은 네 살에 즉위했다가 열아홉에 양위하고 인院이 되었다. 고토바인은 무사의 세상을 저지하려고 조정 대신의 힘을 얻어 군사를 일으켰지만, 전투에서 패해 오키섬으로 유배되었다.

이후 근대가 열릴 때까지 일본은 무사의 시대가 된다. 천하를 호령하던 왕의 입장에서는 덧없는 세상이 허무하기도 했을 것이다. 남은 생을 유배지에서 보내다 외롭게 죽음을 맞이한 비극적인 왕은, 몹시도 미웠을 인간이 분명 못 견디게 그리웠으리라.

* 고토바인後鳥羽院, 『속후찬와카집續後撰和歌集』

산골 마을은 겨울 오면 더더욱 적막해지네

사람도 초목들도 발길을 끊으므로

山里は 冬ぞ寂しさ まさりける

人目も草も かれぬと思へば

옥탑방 앨리스

옥탑방은 겨울이 오면 더욱 살벌해진다. 마른 짚을 엮어 만든 다다미 바닥이라면 그 무시무시함이 한층 더하다. 아무리 외벽을 골판지로 꽁꽁 싸매보아도 뼛속까지 밀고 들어오는 추위를 막을 수는 없다.

나는 도쿄 우에노 공원 뒤쪽에 야나카라는 무덤가 마을 근처 옥탑에 방을 얻어 살았다. 젊은이들이 많이 사는 나카노구에 살다가 오래된 무덤가 마을로 이사를 오게 된 건, 내가 좋아하던 작가 에도가와 란포 덕분이었다. 일본 추리소설의 거장 란포는 높은 지대의 도심에서 골짜기 마을 야나카로 들어서는 언덕인 단고자카에서 헌책방을 운영한 적이 있다. 그때 기억을 살려 쓴 추리소설 「D언덕의 살인사건」은 일본 추리소설의 시작점이라 할 만한 작품이다. 바로 그 D언덕 아래에 '란포'라는 카페가 있다는 사실을 알고 야나카를 방문했다가 그 마을 분위기에 완전히 매료된 나는, 다음 날 다시 그 마을을 찾아 미리 봐둔 란포 카페 옆 모리카와 부동산으로 들어갔다.

모리카와 부동산 할아버지는 내가 서울에서 왔다는 이야기를 듣고는 반색했다. "내가 열일곱 살 때인가 열여덟 살 때, 어머니 손을 잡고 판문점에 갔었는데 망원경으로 본 북한 군인이 바로 눈앞에 있는 것 같았지." 그때 모리카와 할아버지가 본 군인이 어디쯤 있을지 상상도 가지 않지만, 나와 모리카와 할아버지 사이에 에도가와 란포와 북한 군인의 환영이 존재한다는 사실이 새삼 신비했다.

모리카와 할아버지는 "자, 그럼 집을 보러 갑시다"라며 부동산 옆 자전거 주차장으로 나를 데려갔다. 거기에 세워놓은 여러 대의 자전거 가운데 한 대를 내게 내주고 자기도 자전거에 오르더니 따라오라고 했다. 부동산 할아버지와 함께 자전거를 타고 집을 보러 간다니, 어떤 집이 나올지 사뭇 기대됐다. 일차

선 도로 하나를 건너자 할아버지는 왼손을 들어 수신호를 보냈다. 왼쪽 골목으로 꺾어 들어가자는 표시였다. 낮은 주택가를 지나고, 목조 건물로 지어진 유치원을 지나고, 너른 잔디밭과 조그만 도서관을 지나 세탁소 앞에서 할아버지의 자전거가 멈춰 섰다. 나도 따라 멈췄다.

사람 하나 겨우 들어갈 법한 작은 계단 입구에 손글씨 간판으로 '모리카와 빌딩'이라고 쓰여 있다. 할아버지는 좁고 가파른 계단을 거의 기다시피 하며 네 발로 올라갔다. 나는 그 계단의 위엄에 조금 얼떨떨했지만 막상 그 건물 꼭대기인 사층까지 올라가 옥상 문을 열어젖혔을 땐 '이거다!' 싶었다. 마을 전경이 훤히 내다보이는, 하늘에 가장 가까이 있는 집이었다. 가슴이 뻥 뚫리는 듯했다.

옥탑방 문을 열자 바닥이며 천장이며 온통 짙은 나무로 된 기다란 복도가 나타났다. 복도 한쪽은 커다란 창 아래로 싱크대가 놓인 부엌이었고 그 반대편에는 각각 화장실과 욕실이 있었다. 그리고 복도를 지나 여섯 장짜리 작은 다다미방으로 들어선 순간, 나는 탄성을 지르지 않을 수 없었다. 남쪽 창문은 시원하게 트였고 북쪽 베란다는 벽면 전체가 유리로 된 여닫이 창이었다.

마침 바람이 딱 좋은 5월이었다. 창을 여니 남에서 불어오는 바람이 북으로 빠져나가며 시원하게 머리칼을 어루만졌다. 오래 갇혀 있던 다다미 향이 은은하게 피어올랐다. 잔모래로 마감한 크림색 벽은 까슬까슬하고 나무 기둥은 세월의 손때로 반들거렸다. 천장도 목재였는데, 사람 옆얼굴을 여럿 겹쳐 놓은 듯한 나이테가 살아 있었다. 창문 밖으론 파란 하늘과 아까 오면서 봤던 넓은 잔디밭이 내려다보였다. 모든 것이 아름다웠다.

모리카와 할아버지는 이상한 나라 앨리스의 토끼가 조끼에서 회중시계를 꺼내듯 양복주머니에서 나침반을 꺼내며 "이것 좀 보십시오, 정남향입니다"라고 말했다. 나는 방향 따윈 아무래도 좋았다. "제가 찾던 방이에요!"

계절은 빨리도 흘러 겨울이 왔다. 아니, 그 전에 비 오듯 땀을 흘리며 아침을 맞이하던 여름도 있었지만, 겨울의 추위에 비하면 아기 방귀 수준이었다. 유리 한 겹의 커다란 창문이 남북으로 난 다다미 옥탑방의 겨울은 세상에서 가장 두려운 것 가운데 하나다. 눈물이 쏙 나게 혹독한 추위를 그때 맛봤다. 주변에 날 지켜줄 바람막이는 없었다. 홀로 벌판에 선 것처럼 춥고 또 외로웠다. 모두 내가 자초한 일이다. 새로 장만한 두툼한 솜이불 속에서 양말을 두 겹 세 겹씩 껴 신고 잠이 들며 봄이 오길 기다렸다.

하지만 지금 다시 그때로 돌아간다 해도 나는 좁고 가파른 건물 계단을 기다시피 올라 그 방을 선택할 것이다. 산골이든 옥탑방이든 외롭고 높고 쓸쓸한 곳에만 찾아오는 겨울이 있다. 인간을 극한으로 몰고 가는 추위가 있다. 그리고 나는 그런 추위와 고독을 두려워하면서도 그 꽁무니를 쫓는 사람이다.

이 와카를 쓴 미나모토노 무네유키도 그런 사람이었으리라. 이 겨울 투명한 고요 속에서 나는 고독합니다, 라는 노래의 운율이 생동감 있게 살아 있다. 꼭 그 괴롬을 즐기고 있다는 듯이, 내겐 지금 그런 시간이 필요하다는 듯이 말이다.

한겨울 깨질 듯한 추위와도 같은 고독은, 때론 인간을 자유롭게 한다. 어쩌면 우리는 살면서 그런 시간을 언젠가 한번은 꼭 가져야 하는지도 모른다. 자기 자유의 한계점 같은 시간을.

* 미나모토노 무네유키源宗于, 『고금와카집』

유라의 문을 건너가는 뱃사공 노를 잃었네

갈 곳 잃고 헤매는 사랑의 길이런가

由良の門を　渡る舟人　梶を絶え
行方も知らぬ　戀の道かな

위로의 김치전

그때 마이코는 정말로 노를 잃어버렸다. 거센 물길에 속수무
책으로 휘말려 어디로 떠내려가는지도 몰랐다. 품에는 다섯 살
난 딸 모나가 있었다. 마이코는 모나를 안고 울었다. 나는 마이
코네 집에 가서 잡채를 해주었다. 떡볶이도 해주었다. 숙주나
물 넣고 라면도 끓여주었다. 마이코는 눈물을 닦고 맛있게 먹
었다. 한국 음식을 정말 좋아하는 친구였다.

대학원 문학 수업에서 오다가다 만난 마이코는 기타하라 하

쿠슈라는 근대 시인을 좋아했다. 백 년 전 하쿠슈의 시집 『샤슈몬』은 당대에 파격적인 퇴폐미와 이국적인 신비감을 발하는 작품이다. 그런 시집을 좋아해서였을까, 마이코의 연애는 순탄치 않았다. 이슬람 문화에 관심이 있던 그녀는 어느 날 도쿄의 한 모스크에서 이집트 남성을 만났다.

"이집트라면 일부다처제, 뭐 그런 게 자연스럽지 않나?"

"처음엔 딱 잡아떼더라. 자긴 다르다고. 근데 모나 낳고 결혼하니까 바로 다른 여잘 만나더군."

"세상에!"

"문젠 이혼을 안 해준다는 거야. 비자 때문에. 직업도 없고, 일본말도 잘 못 하고. 결혼 비자가 없으면 출국해야 하거든."

아니, 어쩌자고 그런 놈을……이라고 해본들 이미 엎질러진 물이다. 게다가 그렇게 말해버리면 옆에서 새근새근 자는 저 귀여운 모나를 부정하는 꼴이 된다. 누구에게도 줄자를 들이대지 않고 편견 없이 용감하게 사랑의 바다를 건너다 노를 잃어버린 마이코는 그때 우울증을 앓고 있었다.

"분명히 저녁에 밥솥 가득 밥이 있었는데, 자고 일어나면 텅 비어 있는 거야. 나는 먹은 기억이 없는데 살은 자꾸 찌고. 이상해서 병원에 가봤더니 우울증 증상이라고 하더라. 내가 몽유병 환자처럼 밤에 일어나 밥을 퍼먹었다고 생각하면……"

마이코의 망망대해에는 짙은 우울의 구름이 끼어 있었다. 나는 이 모녀가 걱정되었다. 아무리 밥을 먹고 또 먹어도 채워지지 않는 사랑처럼 마음이 텅 비어버린 마이코와 그런 엄마를 의지해야 하는 모나. 그리고 딸을 사랑하는 것 빼고는 제대로 하는 것이 거의 없는 이집트인 아빠. 마이코는 어떻게든 그 상황을 헤쳐나가려고 했지만, 한편으로는 이십 대에 자기 인생이 완전히 꼬여 실패했다고 생각했다.

"무슨 소리야. 내가 볼 때 너는 아주 특별해. 아무나 가지지 못한 순도 높은 순수함이 있어. 넌 그걸 지켜내는 용기도 가졌고. 나는 그런 네가 진짜 진짜 멋있어."

"정말 그렇게 생각해?"

진심이었다. 거짓은 요만큼도 섞이지 않은 순도 높은 진심. 그리고 우리는 김치전을 만들어 먹었다.

이 와카에서 유라는 유라강을 말한다. 교토 북부에서 바다로 흘러가는 유라강은 예로부터 물살이 세기로 유명했다. 유라강이 바다로 빠져나가는 구역을 유라의 문이라 한다. 강물과 바닷물이 만나는 곳은 어디든 큰 소용돌이가 일어 배가 요동치기 일쑤인데, 거기서 노 잃은 뱃사공을 사랑 탓에 인생이 흔들리는 사람에 비유했다.

흔들리던 마이코는 무사히 유라의 문을 빠져나와 지금은 홋카이도에서 아이들을 가르치며 딸과 둘이 멋진 항해를 하고 있다. 물론 모나 아빠와는 이혼했다. 딸에게서 아빠를 뺏는 것 같다고 괴로워했지만, 이집트로 간 아빠를 찾는 건 성인이 된 모나의 여정이 될 것이다.

일본말로 '유라유라ゆらゆら'는 '흔들흔들'이라는 뜻이다. 사랑의 항해는 언제나 흔들흔들 유라유라, 비단 사랑뿐 아니라 인생이라는 여정 자체가 유라유라 흔들흔들이다. 너무 심하게 흔들리는 사람은 옆에서 보면 보인다. 노를 잃어버린 사람도 가만히 보면 보인다. 여러분 곁에 그런 사람이 있다면, 나무라지 말고 조용히 떡볶이를 해주자. 잡채를 해주자. 김치전을 부쳐주자. 큰 파도에 휩쓸려 안간힘을 쓰는 사람은 누구나 위로받을 자격이 있다.

* 소네노 요시타다曾禰好忠, 『신고금와카집』

늙음이란 게 찾아올 줄 알았다면 문을 잠그고

없다고 대답하며 만나지도 말 것을

老いらくの　来むと知りせば　門さして

なしと答へて　逢はざらましを

나이듦

엄마가 환갑이 되셨을 때, 둘이서 홋카이도로 자동차 여행을 떠났다. 삿포로에서 작은 자동차 한 대를 빌려 해안도로를 따라 남쪽으로 오타루와 샤코탄반도 끝에 위치한 카무이곶을 보고 내륙으로 방향을 틀어 숲속의 니세코와 노보리베츠온천에 들른 뒤, 다시 북쪽으로 올라가 후라노의 라벤더 꽃밭을 둘러보는 일주일 일정이었다.

홋카이도 서쪽을 한 바퀴 빙 돌아 숲과 바다, 꽃밭과 들판,

광활한 대지를 달렸다. 끝없이 이어진 일차선 국도는 시속 육십 킬로미터를 넘지 않게 되어 있어 주변 경관을 감상하며 천천히 자동차 여행을 하기에 좋았다. 덕분에 차에서 엄마와 많은 이야기를 나누었고, 안개가 자욱하게 낀 자작나무숲에서 노란 여우를 만나기도 했다. 도로 위에서 우리 차를 막아선 여우는 도망도 가지 않고 우릴 빤히 쳐다보았다. 말이라도 걸어올 듯한 차분한 눈빛이었다. 길가 곳곳에는 그 지역 특산물을 파는 작은 상점이 있었다. 거기서 산 멜론을 삼일 숙성시켜 쪼갰을 때 별안간 호텔방 가득 차오르는 격정적인 향기에 둘이서 탄성을 지르기도 했다.

오타루에서 카무이곶으로 난 해안도로에는 작은 터널이 하나 있었다. 소형 자동차가 왕복으로 지나기에도 사이드미러가 아슬아슬하게 스칠 정도로 좁았다. 알고 보니 오래전 홋카이도 사람들이 고래를 잡아 운반하던 터널이었다. 죽은 고래가 지나던 길 위를 달려왔다고 생각하니 마음이 이상했다.

고래터널을 지나면 바닷가 앞 높은 절벽 위에 숙소가 하나 있는데, 우리는 그곳에 방을 잡고 하루를 묵었다. 식당과 화장실, 세면대를 공용으로 쓰고 다다미 여섯 장짜리 작은 방 하나가 제공되었다. 방 안에 바다로 난 창은 바닥부터 천장까지 통유리라서 밤이면 창문 가득히 주먹만 한 별들이 신비할 정도로 번쩍거렸다. 홋카이도 바닷가의 별은 하늘 위에 걸려 있는 게 아니라 수평선 바로 위부터 넓게 포진한다는 걸 그때 알았다. 근처 카무이곶의 카무이가 홋카이도 원주민 아이누족의 언어로 신을 의미하는 만큼 가히 신성한 분위기가 전해졌다. 숙소 아주머니가 그 지역 해산물로 저녁 한 상을 푸짐하게 차려주어서 배불리 먹고 별을 보며 잠이 들었다.

다음 날 아침. 문을 열고 나와 보니 옆방 문이 열린 채 사람들이 분주했다. 방 안에는 등이 굽은 작은 노파가 앉아 있었고, 아들처럼 보이는 중년의 남자가 숙소 주인아주머니에게 연신 허리를 굽히며 사과를 하고 있었다. 아주머니는 괜찮다고 손사래를 치며 이불을 걷어갔지만 남자는 어쩔 줄을 모르며 걸레를 들고 열심히 방을 닦았다.

이야기인즉슨 간밤에 노모가 이불에 큰 실례를 했다, 이제 살날이 얼마 남지 않으셨고 요즘 들어 정신도 오락가락하시지만 어머니에게 꼭 이곳을 보여드리고 싶어 무리해서 여행을 오게 되었다, 오랜만에 해산물 음식을 많이 드시는 바람에 민폐를 끼치게 되었다, 죄송하다는 내용이었다.

그쪽은 어머니와 아들 둘만의 여행이었고 우리보다 족히 스무 살쯤은 많아 보였다. 나는 괜히 울적해져서 방으로 돌아왔다. 엄마는 여전히 쿨쿨 맛있게도 자고 있다. 늙음을, 피할 수는 없겠지. 늙음이 문 두드리는 소리 따윈 들리지도 않게 우리는 늙어가겠지. 쥐도 새도 모르게.

이 와카는 905년께 완성된 『고금와카집』에 실려 있는데, 책에도 옛날에 살았던 노인이 노래했다고 나와 있다. 그 까마득한 옛날부터 늙음이 문 두드리고 들어오는 걸 싫어했을 정도니, 인류에게 늙음은 예나 지금이나 가장 무서운 방문객이겠다.

엄마는 이제 곧 칠순이다. 그러니 나도 그 여행 이후 열 살이나 먹었다는 이야기. 늙음은 정말로 쥐도 새도 모르게 온다. 여행을 좋아하는 엄마를 위해 너무 늦기 전에 지구상 어딘가의 아름다운 곳으로 다시 자동차 여행을 떠날 채비를 해야겠다.

* 작자 미상, 『고금와카집』

그대 위하여 봄 들판으로 나가 어린 순 뜯네

나의 옷소매에는 눈송이 흩날리고

君がため　春の野に出て　若菜摘む

我が衣手に　雪は降りつつ

새순

그대 위하여, 라는 말이 참 좋구나. 이 시를 읊으니 그런 생각이 든다. 그대 위하여 수고로움을 마다하지 않는 모습은 얼마나 아름다운가. 누군가를 쭉 마음에 담고 사는 게 그렇지 않을 때보다는 덜 외롭다. 비록 멀리 있더라도, 자주 만나지는 못하더라도 말이다.

십 년 전 일본에 살면서 원거리 연애를 할 때다. 서울 도쿄 구간이니 그리 멀진 않아도 하루가 멀게 만나다 연중행사처럼 봐야 한다는 게 퍽 쓸쓸했다. 나를 보러왔다 돌아가는 그 사람을 나리타공항에서 눈물 꾹 참고 배웅하는데 그가 말했다.

"너 혼자 집에 들어가면 외로울까 봐 내가 방 구석구석에 편지를 숨겨뒀어. 모두 열 장이야. 보물찾기 하듯 찾아보면 쓸쓸하지 않고 재밌을 거야. 잊지 마, 열 장이야."

나는 신이 나 집으로 왔다. 침대 밑에 한 장 붙어 있다. 사랑하는 너에게. 싱크대 아래서도 찾았다. 오늘도 고생 많았어. 에어컨 속에서도 나왔다. 날이 더워졌니? 이 편지를 찾은 걸 보니. 혼자 밥을 먹고 혼자 빨래를 하고 혼자 책을 읽다가 가끔 생각나면 작은 집 구석구석을 뒤지던 추억이 있다. 갱지 한 장 빼곡한 편지를 읽다 보면 무거운 외로움이 작아지곤 했다.

이 와카를 쓴 남자도 아끼는 사람을 위해 새순을 뜯는다. 눈밭에 주저앉아 소매가 젖는 줄도 모르고 뜯는다. 봄 문턱 너머로 나물 캐는 남자의 뒷모습이 떠오른다. 어깨에 소복이 쌓이는 봄눈까지도. 남자는 어린 순의 눈을 털고 이 와카를 적어 누군가에게 선물했다. 생명의 기운으로 가득한 이 나물을 받아주십시오. 올 한 해 그대가 아무 탈 없이 건강하길 빕니다. 그런 의미였다.

당시엔 그해 첫 새순을 먹으면 한 해 동안 병치레 없이 건강히 지낼 수 있다는 속설이 있었다. 어린 순은 연약해 보여도 샘

솟는 대지의 기운을 받아 희망과 의지로 가득 차 있어서다.

누군가를 위해 눈 내리는 들판에 쪼그려 앉아 풀을 뜯는 사람, 누군가를 위해 방 구석구석에 편지를 숨겨두는 사람. 그런 작고 소소한 정성으로 우리는 산다. 즐겁게 산다. 일상이 빡빡하지만 누군가를 위해 약간의 정성, 약간의 시구를 생각해보는 여유를 갖고 싶다.

그나저나 그 사람이 숨겨둔 편지는 이사하는 날까지 일곱 장 밖에 찾지 못했다. 물어봤지만 본인도 숨긴 곳이 기억나지 않는다고 했다. 나머지 세 장은 아직도 노가타 그 집 어딘가에 붙어 있으려나. 언젠가 누군가 그 편지를 발견한다면, 그 사람이 한글을 읽을 줄 안다면, 또 이 책을 펼쳐본다면(그런 우연이 과연 일어날까?) 부디 저에게 편지 주세요.

* 도키야스 신노時康親王, 『고금와카집』

여름밤에는 저녁이 오나 하면 벌써 밝아와

구름 너머 어디쯤 달 머물러 있을까

夏の夜は　まだ宵ながら　明けぬるを
　　　雲のいづこに　月やどるらむ

짧은 밤

저것 봐라, 밤이 얼마나 짧으면 달도 깜짝 놀라서 구름 뒤로
숨었다. 한낮의 더위가 식어 시원한 바람 솔솔 부는 여름밤, 달
과 놀며 쉬기에 더없이 좋은 밤이건만 짧아, 너무 짧아 아쉬워.
그런 마음을 담은 와카다.

아무리 여름 해가 길다 해도 해가 저물자마자 날이 밝을 리
가 없는데, 짧은 여름밤을 조금은 과장되게 아쉬워하는 옛사
람의 유머가 살아 있다. 하도 밤이 짧아서 여름 달도 넋 놓고

있다가 미처 서쪽으로 지지 못하고 갑자기 튼 동에 놀라 서둘러 구름 뒤로 숨어버렸다, 라는 상상. 바닷가 같은 곳에서 모닥불을 피워놓고 놀다가 어느새 사위가 부옇게 밝아와 깜짝 놀랐던 것도 분명 여름의 일이었다.

아름다운 시절은 언제나 빨리 지나간다. 어쩌면 우리 젊은 날도 서둘러 흘러가는 한여름 밤, 그 모습 그대로일지도 모른다. 하이쿠 시인 부손도 짧은 여름밤이 아쉬워 시를 남겼다.

짧은 밤이여 어느새 베개 맡에 은병풍

자려고 누웠는데 눕자마자 은병풍을 펼친 것처럼 날이 밝기 시작했다. 여름밤은 너무 짧아, 너무 아쉬워! 밤낮의 길이 변화를 피부를 느꼈을 옛사람들의 감수성이 전해진다. 밤이 짧은 것을 한탄하는 마음은 밤새 함께한 연인과 헤어지며 띄우는 연애편지, '키누기누後朝'의 글에도 자주 등장하는 레퍼토리다.

* 기요하라노 후카야부淸原深養父, 『고금와카집』

가을 논두렁 초라한 오두막에 이엉이 성기니

나의 옷소매가 이슬에 젖는구나

秋の田の　かりほの庵の　苦をあらみ

わが衣手は　露にぬれつつ

촉촉한 창문

가을이 오면 생각나는 사람이 있다. 나와 내 동생을 거두어 먹인 사람, 묵묵히 우릴 지켜준 사람, 묻지도 따지지도 않고 언제나 버팀기둥을 자청했던 사람, 나의 외할머니. 중학생 때였나, 할머니를 모시고 온양온천에 간 적이 있다. 귀뚜라미 우는 소박한 온천거리를 걷는데 문득 할머니가 외쳤다.

"아, 자유다!"

평소 말이 없던 할머니가 토해내듯 뱉은 외마디. 나는 그때 깜짝 놀랐다. 할머니는 당신의 자유를, 자신이 누려야 할 자유로운 시간을 누리지 못한 채 꾹 참고 사셨구나. 바보처럼 그제야 알았다. 할머니는 우리를 지키기 위해 자유를 반납하셨구나. 무언가를 지킨다는 건 그토록 큰 희생이 따르는구나. 추수전 논두렁에서 밤새워 망을 보는 사람의 쓸쓸한 마음을 그땐 알지 못했다.

어린 우리 자매는 외할머니 손에 컸다. 할머니의 자유는, 할머니의 젊음은 당신이 지키고자 한 것을 지키느라 소진되었다. 우리가 성인이 되었을 때 추수를 끝내고 탈진한 사람처럼 할머니는 기억을 잃었다. 이름을 잃었다. 시간을 잃었다. 집으로 돌아오는 길을 잃었다. 사람은 무얼 하러 세상에 올까.

재작년 가을, 세상의 끝에서 만난 할머니는 몸에 난 모든 문을 하나둘 닫고 있었다. 침상에 똑바로 누운 할머니는 그 야윈 얼굴조차 가누지 못하셨다. 이가 거의 다 빠져나간 입으로는 말은커녕 어떤 소리도 드나들지 못했다. 세상과 소통하는 마지막 창구는 눈이었다. 할머니의 눈 위로 내 눈을 가져갔을 때, 우리의 눈가에 이슬이 맺혔다. 아, 자유다! 그 목소리가 아직도 생생하다.

그해 겨울, 할머니는 온전히 자유를 얻어 숲속의 흙으로 돌아가셨다. 와카에는 옷소매가 이슬에 젖는다는 표현이 자주 나

176

온다. 운다, 울고 싶을 만큼 슬프다는 의미다. 사람은 무얼 하러 세상에 올까. 오늘 밤 나는 무엇을 지키기 위해 이 들판을 지키고 서 있을까. 내가 지키려고 하는 것에 쌀 한 톨만큼의 의미라도 있다면⋯⋯. 밤마다 소매가 젖는 쓸쓸한 여정 속에 인간은 피고 또 지는가 보다.

* 덴지 텐노天智天皇, 『후찬와카집』

겨울인데도 하늘에서 꽃잎이 떨어지는 건

구름의 저편으로 봄이 온 탓이리라

冬ながら　空より花の　散りくるは
雲のあなたは　春にやあるらむ

눈의 꽃

겨울 일요일 아침. 이불 속 따뜻한 공기가 좋아서 조금만 더, 조금만 더 하고 누워 있는데 문득 돌아본 창밖에 눈이 내리고 있었다.

"어, 눈이다!"

왜 꼭 눈이 내리면 입 밖으로 눈이 온다는 감탄사를 내뱉고 싶어질까. 모두에게 눈 소식을 알리고 싶기 때문일까. 학교 때도 수업 시간에 눈이 오면 누군가 한 명은 어김없이 소리쳤다.

"어, 눈이다!"

그러면 선생님도 우리도 한동안 감탄하며 멍하니 눈 내리는 풍경을 바라보곤 했다. 눈에는 우리가 하던 일을 멈추고 바라보게 만드는 힘이 있다. 아름다움의 힘이란 그런 것일까. 이런저런 세상사를 말끔히 잊게 만드는 시원함이 있다. 그런데 전날 이 와카를 읽다가 잠든 그 일요일 아침은 조금 달랐다. 아주 미묘하게.

"어, 꽃이다……."

눈송이가 정말 꽃처럼 보였다. 사뿐사뿐 떨어지는 함박눈이었는데, 탐스러운 꽃송이처럼도 보였다. 바닥에는 하얀 꽃 이파리가 쌓였다. 지붕 위에도, 나뭇가지 위에도. 나는 지금 한겨울 한가운데를 지나고 있지만, 잿빛 구름 너머로 봄이 성큼 오고 있었다. 어째서 그전에는 내리는 눈이 꽃잎 같다고 생각해본 적이 없을까.

눈이 내린다는 건 얼마 후에 꽃이 피리라는 징조다. 가장 추운 날이 지나야 시냇물이 녹는다. 겨울의 진통을 겪어야 봄이 온다. 그런 계절의 이치가 곧 인생의 이치로구나. 그런 깨달음이 드는 순간, 세상은 더욱 아름다워 보인다.

나는 이불을 박차고 일어나 창문을 열었다. 한겨울 먹구름 너머로 따스한 봄의 얼굴을 상상할 수 있었다. 계절과 우주의

운행은 우리 눈에 보이지 않는 곳에서 한 걸음씩 착실히 진행된다. 자연을 빼닮은 우리의 삶도 이와 다르지 않으리라. 창밖으로 손을 뻗었다. 겨울 아침 눈송이가 손바닥 위에 내리는가 싶더니 흔적도 없이 녹는다. 나는 그곳에 내려앉은 보이지 않는 꽃씨를 보았다.

* 기요하라노 후카야부, 『고금와카집』

볕 들지 않는 골짜기에는 봄도 남의 일이고

피고 지는 꽃들에 마음 쓸 일도 없네

光なき　谷には春も　よそなれば

咲きてとく散る　物思ひもなし

광장에서

칼바람 불던 어느 겨울밤, 촛불집회에 갔을 때의 일이다. 광화문부터 동대문까지 종로를 가득 메운 인파로 인해 앞으로 나아가기도 쉽지 않았다. 사람들은 저마다 자신이 옳다고 믿는 것을 말하며 대로를 걸었다. 여기저기서 상인들이 모닥불을 피워놓고 쥐포나 오징어, 군밤 따위를 구워 팔았다. 불이 붙을 위험이 있는 진짜 초 대신 촛불이 깜박이는 전기 초를 파는 사람도 있었다. 아이들은 풍선을 쥐고 있었고, 어른들은 자기 소속

이 적힌 깃발이며 구호가 적힌 색색의 종이를 들고 있었다. 약간은 축제 분위기였다.

그때 누군가가 눈에 들어왔다. 종각 부근 쓰레기통 옆 한 남자, 노숙자다. 패딩 모자를 머리끝까지 뒤집어쓰고 신문지와 골판지를 이불 삼아 맨바닥에 누운 그에게 이 난장은 남의 일이었다. 백만이고 이백만이고 아무리 많은 촛불이 모여도 남자에게는 잠시 잠깐 발끝을 녹일 온기조차 되지 못했다. 그는 볕 들지 않는 골짜기에 있는 사람이었다. 종로를 환하게 밝힌 촛불의 장관도, 정작 그 바닥에서 먹고 자는 그에게는 일말의 의미도 없는 남의 일이었다. 그에게는 그만의 이야기가 있을 터다.

이 와카를 읽는데 문득 그 뒷모습이 떠오른다. 등을 동그랗게 말고 맨바닥에 누워 잠을 청하던 모습. 뜨거운 열기 한가운데 있지만 그런 것에 마음 쓸 여력도 여유도 없던 사람. 천 년 전 기요하라노 후카야부는 하늘을 찌르는 권세를 잃고 한탄하는 이를 보며 노래를 지었다. 자신은 태양의 은혜를 입은 적이 없기에 잃을 게 아쉬워 울 일도 없다며. 하지만 잃어버릴 게 아무것도 없는 삶은, 생각해보면 너무 쓸쓸하고 적막해서 무섭기까지 하다. 피고 지는 꽃만큼은 돌아보며 살고 싶은데 말이다.

* 기요하라노 후카야부, 『고금와카집』

미치노쿠의 혼란스런 문양은 누구 탓인가

어지러이 물든 게 나 때문은 아닌데

陸奥の　しのぶもちずり　誰ゆゑに

乱れそめにし　われならなくに

헤어졌어요

똑똑. 네, 들어와요. 문을 열고 들어온 건 작업실 옆방 그녀. 일러스트레이터인데 그림은 본 적 없다. 얼굴이 말이 아니네, 무슨 일이지?

"저…… 어제 남자친구랑 헤어졌어요."

그러더니 거짓말처럼 그녀 눈에서 눈물이 주룩 흘렀다. 지금 막 펜으로 그은 것처럼 곧은 직선이었다. 그녀가 옆방으로 이사 온 건 사흘인가 나흘 전이고 우린 오다가다 인사만 하는, 거의 모르는 사람이나 마찬가지인 사이였다.

"있잖아요, 지금은 참을 수가 없어서, 가만히 있으면 미칠 것만 같아서, 옆방에 사람이 있다는 게 위안이 돼서…… 그냥 문 두드렸어요."

거의 모르는 사람이나 마찬가지인데도 그녀의 아픔에 동화가 되어 나도 모르게 눈시울이 붉어진다.

"괜찮아요, 그럴 수 있어요. 나도 그랬어, 언젠가 뜨거운 여름에 남자한테 차여서. 근데 사귄 지 얼마나 됐어요?"

"이 년 넘었어요."

"아, 그래요? 그럼 많이 힘들지. 나도 그때, 그때가 벌써 몇 년 전이야. 헤어지고 다음 날 자다가 일어났는데, 미칠 것만 같아서 아침부터 나가서 무작정 걸었어. 다섯 시간인가, 여섯 시간인가. 태양이 이글이글 내리쬐는데 아스팔트는 펄펄 끓고, 그래도 멈출 수 없어서 미친 사람처럼 걷다가 발뒤꿈치가 이상해서 보니까 운동화 뒤축이 반쯤 녹아서 맨발이 다 보였어."

"에이, 거짓말."

"진짜야, 그렇게 한참 걷고 나니까 울렁거리던 마음이 진정됐어요. 뭐, 다음 날 또 시작이었지만."

그녀는 눈물을 닦고 조금 웃었다.

"그렇게 하루 이틀 지나다 보면 조금씩 옅어질 거예요. 오늘

보단 내일이, 내일보단 모레가, 가벼워질 거예요."

이렇게 말하면서도 나는 내가 누굴 위로하는 데는 정말 소질이 없다고 생각한다. 조언 투를 누구보다 싫어하기에. 그 정도의 말을 내뱉는데도 두드러기가 나는 것처럼 전신이 가렵다.

헤이안시대 사람들은 사랑에 크게 동요되는 마음을, 일본 최북단 지역의 옛 이름인 미치노쿠의 명물 옷감에 빗대어 표현했다. 모지즈리라고 불리는 이 옷감은 바위에 천을 대고 풀을 마구 문질러 혼란스러운 무늬를 얻는 염색 기법으로 만든다. 당시 정교하게 계획된 무늬를 내는 남부 염색에 익숙한 사람들에게는 대단히 신비롭고 이국적인 무늬였으리라.

옆방 그녀의 마음은 풀을 마구 문질러 얻은 옷감의 무늬처럼 혼란스럽게 물들어 있었다. 하지만 그녀의 마음이 곁에서 보는 내 눈에는 미안할 정도로 아름다워 보였다. 흔들리는 인간은 본인은 괴로울지라도 외부에서 보면 그 결이 대단히 반짝여 보인다. 흔들리는 수면이 아름다운 것과 같은 이치다. 완벽하게 정돈된 사람은 인형 같아서 사람의 결이 잘 느껴지지 않는다.

지금 울고 있는 사람이 있다면, 당신은 무척 아름답다고 말해주고 싶다. 햇살 아래 반짝이는 물보라처럼 빛나고 있다고. 마구 걷고 울고 감정을 토해내는 건 힘들지만 약간 떨어져 보면 그 자체로 예술이다. 격정적인 사랑의 토로는 우리를 모두 예술

가로 만든다.

이 와카의 작자인 미나모토노 토오루는 『겐지 이야기』에 나오는 히카루 겐지의 유력한 모델이라고 한다. 사랑 때문에 어지러이 물든 그 마음을 주체하지 못하는 모습이 히카루 겐지와 똑 닮았다. 역시나.

* 미나모토노 토오루源融, 『고금와카집』

슬퍼하라고 달이 나의 마음을 그리 이끄나

그저 달을 핑계로 울고 싶었으리라

嘆けとて 月やはものを 思はする

かこち顔なる わが涙かな

닿지 못한 편지

누구에게나 슬픔의 달이 있다. 내게는 그 달이 남들보다 조금 빨리 떴던 것 같다. 다섯 살 무렵, 한글을 막 배우기 시작한 나는 거의 매일 아빠에게 편지를 썼다. 나는 잘 지내고 있어요, 내가 이제 이렇게 글을 잘 써요, 빨리 나를 보러 와요, 아빠 사랑해요. 그러고는 편지지 네 모서리에 죽 둘러서 미국, 미국, 미국을 썼다. 지금도 그 편지지 모양이 생각난다. 연두색도 있었고 하늘색도 있었다. 그땐 편지지 둘레에 미국이라고만 쓰면 아빠가 일하러 가셨다는 데로 편지가 가는 줄 알았다.

하루는 엄마가 나와 내 동생을 방에 앉혀 놓고 진지한 표정으로 말씀하셨다. 바닥에는 내가 아빠에게 보낸 수십 통의 편지가 놓여 있었다.

"얘들아, 사실 아빠는 너희가 훨씬 더 어릴 때 돌아가셨어. 너희들이 너무 어려서 충격을 받을까 봐 그동안 미국에 가셨다고 거짓말을 한 거야. 미안하다."

거짓말, 거짓말, 나는 엄마가 거짓말을 한다고 생각했다. 한 번 거짓말을 한 사람은 두 번도 할 수 있고 세 번도 할 수 있으니까. 이번에도 거짓말이리라고 생각했다. 아빠가 죽었을 리 없어. 분명 미국에 있다고 했잖아, 며칠 밤만 더 자면 오신다고 했잖아. 그랬는데 옆에서 동생이 말했다. 나는 알고 있었어, 온 적도 없고 연락도 없었잖아. 그래서 죽었다고 생각했어.

몇 년 만에 진실을 마주한 우리 셋은 그날 작은 방에서 부둥켜안고 펑펑 울었다. 아마도 셋 중에 내 슬픔이 제일 컸을 것이다. 바보 같은 내게는, 동생보다도 눈치가 없던 내게는 그날이 아빠가 돌아가신 날이었으니까. 날짜도 정확히 기억나지 않는, 너덧 살 무렵의 어느 햇살 좋던 그날이 내게는 지금도 가장 슬픈 날이다. 내 인생에서 제일 슬픈 날이다.

그래서인지 그 뒤론 무슨 일을 겪어도 그렇게 슬프지가 않다.

물론 슬픈 영화를 보거나 슬픈 사연을 접하면 눈물이 나고 가슴이 아프긴 해도 헤어나올 수 없을 만큼 슬프진 않다. 세상 그어떤 슬픔도 다섯 살의 내가 겪은 슬픔보단 작았다. 하지만 누구에게나 일생에 걸쳐 비슷한 크기의 슬픔의 달이 뜨는 것 같다. 누구는 조금 빨리 겪고 누구는 조금 늦게 겪을 뿐이다.

사이교의 이 와카는 일본에서 아주 유명하다. 다자이 오사무도 초기작 「허구의 봄」에서 젊은 날 미칠 듯한 슬픔을 토로하며 "슬퍼하라고 달이 나의 마음을 그리 이끄나"라는 구절을 인용했다. 자기 안에 담기엔 슬픔이 너무 커서 감당하기 힘들 때는 멀리 달한테 던져버리는 것도 방법이라고 생각한다. 그저 모든 게 저기 저 너무 예쁘고 그래서 너무 슬픈 달 때문이라고, 응석을 부리고 투정을 부리는 것도 괜찮다고 생각한다.

감정이 꼬이고 관계가 꼬였을 땐 차라리 그렇게라도 털어버리자. 달이 무슨 죄가 있겠느냐마는, 어차피 달은 아무렇지 않다는 듯 고요히 먼 데만 바라보고 있을 테니. 슬픔도 원망도 미움도 분노도 나는 인간에게 쏟아내기보다 달에게 쏟아내는 편이다. 사실 다섯 살 이후로 속세에 나를 그렇게 동요하게 만드는 일이 그다지 없기는 하다.

* 사이교, 『천재와카집』

봄볕 비치는 등나무 어린잎과 같이 다정히

그대 날 대한다면 나도 믿고 따르리

春日さす　藤のうらばの　うらとけて

君しおもはゞ　我も頼まむ

깨미와 나

순진한 눈빛의 작은 강아지 한 마리가 내 곁으로 온 것은 십 칠 년 전 어느 겨울이었다. 이모네 강아지가 새끼 두 마리를 낳 았는데 그중 한 마리를 데려와 키우기로 한 것이다. 손바닥만 한 생명이 뒤뚱뒤뚱 미끄러지듯 방바닥을 달려와 내게 안긴다. 하얀 털에 밤색 얼룩이 군데군데 내려앉은 녀석이었다. 가만히 털을 만지니 강아지풀처럼 보드랍고 순하다.

그날 밤 녀석은 내 무릎 위에 앉아 내 새끼손가락을 잘근잘근 깨물었다. 이가 나려고 그러니? 세상에 나온 지 몇 개월 안 된 여린 이가 날 꼭꼭 간질이는 감촉이 신비로웠다. 너는 나에게 깨무는 감각으로 가장 먼저 왔으니, 나는 너를 '깨미'라고 부를게. 깨미야, 깨미야. 나는 솜털이 난 깨미의 이마를 다정하게 쓰다듬었다. 깨미는 깨미가 된 그날부터 나를 믿고 따랐다. 우리는 정말 좋은 친구였다. 서로를 믿었고, 서로를 좋아했으며, 멀리 있으면 서로를 그리워했다.

어느 해에는 깨미를 데리고 제주도 여행을 갔다. 비행기를 힘들어 할 것 같아 자동차를 몰고 완도에서 배를 타고 들어갔다. 섬으로 들어갈 땐 날이 맑아 파도가 심하지 않았는데, 섬에서 나올 땐 비가 내리고 바람이 심해서 배가 흔들렸다. 케이지 속에 들어 있던 깨미는 멀미를 하는지 낑낑거렸다. 주위 사람들도 멀미 때문에 안색이 좋지 않았다.

나는 깨미를 품에 안고 갑판으로 나갔다. 어둠이 내린 바다는 성난 우주처럼 보였다. 빗발이 들이쳤다. 출렁거리는 파도가 매서웠다. 하지만 시원한 바람에 멀미가 안정되었는지 깨미는 내 품에서 조용해졌다. 우리는 서로의 맥박을 느끼며 파도가 몰아치는 거대한 밤바다를 바라보았다. 온 우주에 우리 둘뿐인 것 같았다. 깨미와 함께 그 장엄한 자연을 마주했던 순간을 나는 죽을 때까지 잊을 수 없으리라.

때로는 말보다도 몸짓이 더욱 사랑이다. 말은 통하지 않지만 나는 알 수 있었다. 세상이 모두 나를 욕하고 미워해도 깨미만은 나를 믿고 따르리라는 사실을, 하늘 아래 무슨 일이 있어도 깨미만은 온전히 나를 사랑하리라는 사실을. 등나무 어린잎과 같이 다정하던 깨미는 나에게 사랑의 실체를 알려주고 몹시도 더웠던 재작년 여름에 무심히 하늘로 떠났다.

그 시각, 나는 반짝이는 강을 건너던 열차가 다리 밑으로 추락하는 꿈을 꾸었다.

* 작자 미상, 『후찬와카집』

긴긴밤 내내 그대 그리는 날은 밝을 줄 몰라

어둔 방문 틈조차 야속하기만 하네

夜もすがら もの思ふ頃は 明けやらで

閨のひまさへ つれなかりけり

이제나저제나

오늘은 오실까 오늘은 오실까 기다렸는데, 오늘도 안 오실 모
양입니다. 오지 않는 사람 때문에 괴로워하다 불면증에 걸린
모습이다. 이제나 올까 저제나 올까 기다리는 마음을 방문 틈
노려보는 시선에 담은 것이 귀엽다.

우리 동네 과일가게 아저씨도 이제나저제나 손님을 기다린
다. 길거리에 트럭을 세워놓고 한겨울에도 한여름에도 과일을
팔았다. 아저씨는 외팔이다. 저 무거운 과일상자를 어떻게 한

손으로 담아 트럭에 싣고 올까 싶지만, 수십 년을 쌓아온 아저씨만의 비결이 있을 게다. 겨울에는 사각사각한 사과와 새콤달콤한 귤을, 여름에는 알이 튼실한 포도와 피부가 붉고 매끈한 자두를 먹는다. 봄에는 탱탱한 살이 먹음직스러운 딸기를, 가을에는 누렇게 잘 익은 감을 먹는다. 아저씨는 내가 이 동네로 이사 왔을 때부터(스무 살 무렵일까?) 우리 가족에게 좋은 과일을 먹이고 계신다.

아저씨가 추운 겨울날 같은 때, 밤 열 시가 다 되도록 운전석에 앉아 오들오들 떨며 손님을 기다리시는 모습을 보면 그냥 지나칠 수가 없다. 나는 아저씨 트럭으로 다가가며 괜히 발랄하게 진열된 과일을 읊어본다.

"감, 사과, 배, 귤, 한라봉도 있네."

그러면 아저씨는 싱글벙글 웃는 얼굴로 달려 나와 검은 비닐봉지 여러 장을 뜯으며 말한다.

"그거 다 만 원어치씩 드릴까요?"

"아, 아니요, 아니요. 죄송해요. 그냥 과일을 죽 한 번 읊조린 건데."

(서로 어색한 웃음을 나누고)

"감 만 원어치만 주세요."

그런 아저씨의 과일 트럭이 몇 주일째 보이지 않아 내심 걱정도 되고 궁금하던 차에 상가를 지나가다 아저씨를 만났다. 알록달록 '싱싱한 과일가게'라는 간판이 달린 상점 아래 과일상자가 한가득이다.

"아저씨! 점포를 내셨네요!"

아저씨는 부끄러운 듯 슬며시 웃으신다.

"감 만 원어치만 주세요."

"그래요, 감사합니다."

사실 난 별로 감을 좋아하지 않지만 엄마가 좋아한다. 집에서 기다리는 사람이 기뻐하는 얼굴을 보는 것도 기분이 좋다. 아저씨의 새 과일가게도 번성해서 아저씨가 기뻐하는 얼굴을 보고 싶다.

이 와카는 밤새 사랑을 기다리다 지쳐 아침 햇살이라도 찾아오길 바라는 마음을 노래했다. 열여섯에 출가해 스님이 된 슌에 법사가 여성의 마음을 대변하여 지은 것으로 알려졌는데, 속세를 떠나 절로 들어간 스님이 어쩐지 쓸쓸한 고독감에 몸부림치는 실연당한 마음을 잘 이해하는 듯하다.

스님도, 과일가게 아저씨도, 나도 그리고 우리 모두 아무도 찾아오지 않는 야속한 어둠의 틈을 노려보는 시간을 가져본 적 있으리라. 그 기분, 인간이라면 다들 한 번씩 겪어보지 않았을까. 고독에 몸부림치는 순간이야말로 지구상에 살다간 사람들,

지금 사는 사람들, 앞으로 살아갈 사람들까지 포함해 세상 모든 사람이 공감할 감정임을 깨닫는다면 우리는 조금 덜 외로워질지도 모른다.

* 슌에俊惠, 『천재와카집』

맘 가는 대로 꺾으면 꺾이려나 새하얀 국화

가을 첫서리 내려 구분이 가지 않네

心あてに 折らばや折らむ 初霜の

おきまどはせる 白菊の花

영정

지은이 어머니의 부고를 들었다. 아, 아름다운 것을 사랑하
는 분이셨는데. 나는 그분을 세 번쯤 뵈었다. 나카노의 지은이
자취방에서, 우에노 대로를 점령한 삼바 카니발에서, 인사동
지은이 전시회에서였다. 뵐 때마다 밝고 명랑한 분이었지만 어
쩐지 깊은 눈망울 한구석으로 쓸쓸한 바람이 불었다.

엄마가 시집살이를 심하게 했어요, 할머니한테서. 언젠가 지
은이에게서 그런 말을 듣고 어머니의 왠지 모를 쓸쓸함에 수긍

이 갔다. 어머니는 화가가 되고 싶던 지은이를 어떤 상황에서도 무조건 지원하셨다. 너는 너의 아름다움을 지켜라, 나는 너를 지키겠다. 그런 담대한 지은이 어머니의 영정사진 앞에 나는 새하얀 국화 한 송이를 놓았다. 허리 잘린 국화가 그분 쪽으로 몸을 누이며 마지막 인사를 전했다. 나와 지은이는 어머니가 떠나는 밤의 여행길을 지키며 맥주를 마셨다.

"돌아가시기 전날, 엄마 방에 있던 달력을 봤어요. 달력 구석구석 빼곡하게 엄마가 가고 싶은 곳이 적혀 있더라고요. 노을이 아름다운 어디어디 바닷가, 케이크가 맛있는 어디어디 빵집, 장미가 만발한 어디어디 정원……."

우리는 조용히 눈시울을 붉혔다. 밤을 걸어 나오는 내 마음에도 쓸쓸한 바람이 불었다. 얼마 전 지은이에게서 전화가 왔지만 받지 못한 채 시간이 흘렀는데, 그때 지은이는 어머니와 내 이야기를 했단다. 그 친구, 마지막으로 한번 보고 싶구나. (아, 지은아. 문자라도 남겨주지.) (언니가 바쁜 것 같아서.)

가슴이 먹먹하다. 언제든 할 수 있을 것 같은 일도 영원히 할 수 없어지는 때가 온다. 조금 늦었지만 가을 첫서리 내리는 날, 우아한 기품을 잃지 않고 반짝이는 흰 국화를 당신께 보냅니다.

* 오시코치노 미쓰네, 『고금와카집』

4장
슬픔 말고 사랑

떠나기 전에 이 세상 바깥으로 가져갈 추억

한 번 더 만들고파 그댈 볼 수 있다면

あらざらむ 此の世の外の 思ひ出に

今ひとたびの 逢ふ事もがな

모조리 상상

그녀는 병상에 누워 있다. 언제 숨이 넘어가도 이상하지 않은 그때, 마지막으로 사랑하는 그이의 얼굴이 보고 싶다. 그런 마음을 노래한 시다. 죽음을 '이 세상 바깥'이라고, 마치 집 떠나 여행길에 오르는 사람처럼 산뜻하게 말한다. 실은 나도 죽음 앞에 이렇게 산뜻해지고 싶다. 그래서 친한 친구들에게 이렇게 주문한다. 내 장례식 때는 신나는 노래를 틀어줘. 먹고 마시고 즐겁게 춤추며 밤새도록 놀아줘. 그게 내 유언이야.

죽음을 쉽게 생각하는 건 아니다. 다만 지나치게 엄숙한 것이 싫을 뿐이다. 나의 친구들이 나와 함께한 이번 생에서 즐거웠던 추억을 떠올리길 바란다. 우리가 만난 인연이 얼마나 아름다웠는지 기억해주길 바란다. 약간의 눈물은 흘려도 좋겠지. 어차피 눈물에는 슬픔과 기쁨의 경계가 없으니까.

헤이안시대 여성 이즈미 시키부도 나와 비슷한 생각을 했던 것 같다. 이 세상 바깥으로 여행을 떠나기 전에 너와의 추억 하나 더 만들고 간다면 얼마나 좋을까. 그런 생각으로 아픈 몸을 일으켜 붓을 들고 누군가에게 이 와카를 적어 보냈다. 즐거운 기억을 하나라도 더 가져가 그리울 때마다 꺼내 볼 수 있도록 지금 내게 와주세요. 이런 편지를 받고 누가 한달음에 달려가지 않을 수 있을까.

죽음 이후에도 포근한 사랑의 추억을 떠올릴 수 있다면, 그곳은 그리 춥고 무서운 곳이 아닐지도 모른다. 저세상은 이 세상의 바깥일 뿐. 인간은 그곳을 모른다. 모두가 상상으로만 그곳을 안다. 어차피 모조리 상상일 바에야 차라리 슬퍼 말고 사랑을 하자.

* 이즈미 시키부, 『후습유와카집』

대체 누구를 벗으로 삼겠는가 다카사고의

백년송도 오래된 친구는 아닌 것을

誰をかも　　しる人にせむ　高砂の

松も昔の　友ならなくに

오랜 친구

마흔이 넘어가니 하나둘씩 친구가 준다. 어릴 땐 만나는 사람 모두가 친구 같아서 약속도 많이 잡고 분주하게 돌아다녔는데, 요즘은 마음이 잘 따라주지 않는다. 내가 진심으로 친구라고 생각하는 사람, 곰곰이 따져보면 몇이나 있을까 싶다. 애초에 벗이란 어떤 사이를 말하는 것일까.

나는 사람을 만나면 탈진하는 축이다. 아무리 가까운 친구라도 그렇다. 만나서 모든 걸 쏟아내기 때문인지도 모른다. 집에 오면 쌀을 모두 쏟아부은 가마니처럼 축 처져서 한참을 멍하니 있는다. 그래야 쌀이 다시 채워지듯 정신이 든다. 하지만 하루가 지나고 이틀이 지나고 해가 지고 달이 뜨면 다시 스멀스멀 친구가 그리워진다.

이 와카를 쓴 사람은 노인이다. 칠순이나 팔순쯤 되었으리라. 그쯤 되면 함께한 친구도 하나둘 세상을 떠난다. 운이 나쁘면 주위 모든 친구 중에서 가장 마지막에 남겨지는 사람이 된다. 전화번호부를 들춰보며 이 녀석도 죽었고, 이 녀석도 죽었고, 이 녀석은 아직 살아 있으려나? 그런 생각을 하게 되는 날이 내게도 온다면 조금 많이 슬플 것 같다. 백 년 넘게 산다고 소나무를 벗으로 삼을 수도 없고, 난감하구나. 노년의 슬픔을 조금은 유머러스하게 소나무에 기대 노래했다.

다카사고는 교토에서 오사카를 지나 남쪽으로 조금 더 내려간 곳에 위치한 바닷가 마을로, 예부터 소나무의 명소였다. 천 년 전에는 해안가에 병풍처럼 늘어선 솔숲으로 바람이 불면 쏴쏴 소리가 멀리까지 들렸으리라. 아무리 백년송이 아름답다 하여도 함께 술잔 부딪치며 이야기 나누는 벗만 할까. 인간은 오래 살고 싶어서 별별 짓을 다 하지만 장수가 축복만은 아닌가 보다. 어느 날 문득 돌아보니 벗이 아무도 남아 있지 않을 때 그 쓸쓸함, 그 고독감은 과연…… 죽음 그 자체보다 두려운 일이다.

얼마 전엔 일본인 친구 와타나베 마리가 페이스북으로 메시지를 보냈다. 잘 지내는지, 요즘 들어 한국이 더 그리운데(한국 길거리에는 일본 거부 포스터가 나돌고, 일본 방송에는 연일 혐한 방송이 보도되던 무렵) 언제쯤 가면 술 한잔할 수 있을지를 물었다.

마리는 나의 한국어 학생이었다. 유학생 시절, 도쿄역 카페 도토루에서 일주일에 한 번씩 만나 일대일 강습을 했다. 마리는 한글 공부가 처음이어서 나는 'ㄱㄴㄷ' 'ㅏㅑㅓㅕ'를 적어 넣은 카드를 만들어 자음과 모음 헤쳐 모여 읽기부터 가르쳤다. 많은 일본 학생이 한글을 공부할 때 받침에서 큰 충격을 받고(특히 두 개짜리 받침, 닭이나 몫 같은 것은 "이걸 읽을 수 있다고요?!" 수준으로 눈이 휘둥그레진다) 떨어져 나가지만 마리는 끈기 있게 따라왔다. 카페에 사람이 많아도 시끌시끌한 소음에 섞여 공부하는 게 재미있었다. 서로의 관심사는 무엇인지, 앞으로 무엇을 할지 그런 이야기도 나누었다.

마리가 한국어를 공부한 이유는 일본 밖 사회와 자유로운 교류를 위해서였다. 이미 중국어에 능통했지만 한국어도 그만큼 하고 싶어 했다. 마케팅 분야 종사자였고, 폭넓고 활발한 교류가 세상을 즐겁게 만든다는 가치관을 가진 유쾌한 친구였다. 이 책을 막 준비할 즈음, 나는 스미다강 인근 구석진 동네 이자카야에서 마리를 만났다. 내가 들어서자 마리는 우아한 크림색 기모노를 입은 오카미(주인아주머니)에게 내 소개를 했다.

"한국에서 온 제 친구예요. 다자이 오사무 전집을 번역한 사람이라고요! (부끄럽다, 마리야.) 대단하지요?"

오카미는 조용히 미소 지으며 술 메뉴를 가져다주었다. 마침 내 눈에 띈 술의 이름은 '다카사고'. 대체 누구를 벗으로 삼겠는가 다카사고의…… 이 와카가 떠올라 열두어 개쯤 되는 술 가운데서 다카사고를 골랐다. 나의 단호한 선택에 마리가 웃으며 물었다.

"왜? 다카사고에 무슨 의미라도 있어?"

십 년 갈지 이십 년 갈지 아무도 모르지만 너랑 오래오래 친구 하고 싶다, 라고 말하고 싶지만 그건 너무 장황했다.

"너는 다카사고의 소나무 같은 친구니까."

"하핫, 좋아. 나도 다카사고다! 오카미, 여기 다카사고 두 잔이요."

* 후지와라노 오키카제藤原興風, 『고금와카집』

사랑의 밀회 그 후에 밀려오는 마음 비하면
예전의 그리움은 아무것도 아니네

逢ひ見ての　のちの心に　くらぶれば
昔はものを　思はざりけり

밀회

천 년 전 연인들이 하룻밤을 보낸 뒤 서로에게 쓴 러브레터, 키누기누의 글이다. 키누기누란 사랑을 나눈 다음 날 아침을 말하는데, 서로에 대한 애정이 깊으면 깊을수록 서둘러 그 마음을 와카에 담아 보냈다. 멀리서 그댈 짝사랑하며 혼자 그리워하는 일도 보통 괴롭지 않았지만 이렇게 몸을 섞고 나니 예전 그리움은 아무것도 아닐 만큼 그대가 보고 싶다, 라는 에로틱한 사랑의 시다.

완전히 사랑의 포로가 되어버린 이 사람, 괜찮을까? 무라카미 하루키의 소설집 『여자 없는 남자들』에 실린 「독립기관」에서는 이 와카를 인용한 남성이 죽음에 이른다. 그것도 스스로 곡기를 끊는 지독한 방법으로. 주인공은 중년의 성형외과 의사 도카이. 독신인 그는 여러 여자와 자유로운 성관계를 하다가 가정이 있는 한 여성과 사랑에 빠진다. 도카이는 어느 술집 바에 앉아 지인에게 이렇게 말한다.

"사랑의 밀회 그 후에 밀려오는 마음 비하면 예전의 그리움은 아무것도 아니네. 여기서 '사랑의 밀회'란 남녀의 육체관계를 동반한 밀회를 말한다는 걸 대학 시절 강의실에서 배웠습니다. 그땐 그저 '아, 그렇구나' 싶었지만, 이 나이가 되니 작자가 어떤 기분으로 이 시를 읊었을지 실감이 갑니다. 사랑하는 여성을 만나 몸을 섞고 헤어진 뒤 느끼는 깊은 상실감. 갑갑함. 생각해보면 그런 기분은 천 년이 지나도록 조금도 변하지 않았어요. 그동안 그런 감정을 느끼지 못한 제가 제대로 된 인간으로서 구실을 하지 못했다는 사실을 통감했습니다."

도카이는 결국 가정으로 돌아간 여성에게 버림받고, 삶의 이유를 잃은 채 입으로 음식을 넣는 일을 중단하여 스스로 소멸해간다. 정말이지 못 말리는 사랑꾼이 아닌가! 꼭 그렇게까지 사랑에 모든 걸 다 걸어야 직성이 풀리겠느냐 싶지만, 그러고 보면 하루키 소설 속 인물은 천 년 전 연애 지상주의자들과 맥이 닿아 있는 듯하다.

불타는 장작 속으로 돌진하는 나방. 그 뜨거운 광기를 이해하고 남몰래 동경하는 마음이 그들에게는 유전처럼 각인되어 있을까. 하긴 내가 일본 문학에 매력을 느끼는 것도 그런 광기 어린 사랑이 신선했기 때문이다. 누군들, 일생에 그런 사랑 한 번 해보고 싶지 않을까.

날이 쌀쌀해서인지 요즘은 뜨거운 것이 좋다. 완전하게 타오르는 연소. 적당하게 적절히, 그건 말 그대로 적당하고 적절하여 반쯤 식어버린 어묵 같다. 뭐든 인생에서 하나쯤 나의 어떤 부분을 완전히 다 태워버릴 정도로 사랑하는 일, 사람, 대상을 찾고 싶다. 역설적으로 그것이 인생을 윤기 있게 한다.

그나저나 이 와카를 지은 남성 후지와라노 아쓰타다는 세상을 떠들썩하게 만들 만큼 바람둥이로 유명한 인물인데, 비파 연주도 출중했다니 음악과 시에 두루 재능을 갖춘 그를 한번 만나보고 싶다. 그러나 중년의 멋을 다 누리지 못하고 서른여덟의 젊은 나이에 요절했다. 하늘도 그의 매력을 탐냈나 보다.

* 후지와라노 아쓰타다藤原敦忠, 『습유와카집』

잊힌다 해도 저는 괜찮습니다 불변의 사랑

목숨 걸고 맹세한 당신이 걱정될 뿐

忘らるる　身をば思はず　誓ひてし

人の命の　惜しくもあるかな

배신

그러니까 사랑을 막 시작할 때는 목숨 걸고 당신만을 사랑하
겠다는 굳은 맹세를 한다. 이 노래를 읊은 여인 우콘도 그런 남
자를 사귀었다. 앞의 와카를 쓴 아쓰타다를. 그는 신께 무릎 꿇
고 이 여인과 영원히 변치 않는 사랑을 하겠노라 맹세한다. 이
루어지지 않는다면 목숨까지 내놓겠다 호언장담하는데…….

사랑은 변했고 남자는 떠났다. 하지만 여자는 울지 않는다.
잡으려 애쓰지도 않는다. 우콘은 그런 여자가 아니었다. 미안하

다고 편지한 아쓰타다에게 코웃음을 치며 말한다. 저는 괜찮아요. 근데 당신, 사랑을 위해서라면 신께 목숨까지 내놓는다고 했잖아요? 그래 놓고 떠났으니 곧 천벌이 내릴지도 모르겠습니다. 제 걱정은 마시고 당신 목숨 부지할 걱정이나 하심이.

상대의 배신에 슬퍼하기보단 가벼운 처신을 꼬집으며 일침을 놓는다. 이쯤 되면 아쓰타다의 안색이 궁금해진다. 아마도 등골이 오싹하지 않았을까. 답가는 없었다. 무서워서 꽁무니를 뺐는지도 모른다.

자존심 강한 여장부 우콘은 헤이안궁궐에서 뭇 남성의 사랑을 한 몸에 받으며 화려한 연애를 했다. 당시엔 와카에 뛰어난 사람이 밤하늘의 달처럼 우러름을 받았다. 만난 적 없어도 와카만으로 사랑에 빠지기도 했다. 시원시원하고 재기 넘치는 필력을 가진 우콘도 아쓰타다 못지않은 아이돌이었으리라.

둘의 연애가 끝나고 정말로 아쓰타다는 요절했다. 사람들은 아쓰타다가 우콘과의 사랑을 저버려서 벌을 받았다고 수군거렸다. 예나 지금이나 인간은 남의 연애사를 떠들기 좋아한다. 세간을 떠들썩하게 한 우콘과 아쓰타다의 연애사는 『이세 이야기』에 나와 있다.

* 우콘右近, 『습유와카집』

한밤중 내내 새벽닭 우는 소리 흉내 내어도

내게 오는 관문은 허락할 수 없기에

夜をこめて　鳥の空音は　はかるとも

世に逢坂の　せきはゆるさじ

무례한 당신

불쾌하군요. 저를 얼마나 함부로 보셨으면…… 아무리 달콤
한 말로 속삭인다 해도 솔직하지 못한 사람은 딱 질색입니다.
여성이 단호하게 남성을 거절하는 편지다. 이 사람, 화가 단단
히 난 것 같은데? 일본의 3대 수필집 『베갯머리서책』으로 유명
한 세이 쇼나곤이 남긴 시다. 사정은 이러하다. 그녀와 가까운
사이였던 남성 유키나리는 그녀의 처소에서 밤늦게까지 놀다
헤어진 다음 날 이런 편지를 보낸다.

"더 있으려 했지만 닭 울음소리에 서둘러 돌아가야 해서 아쉬웠소."

유키나리는 그녀에게 적당히 아쉬움 섞인 사랑의 편지를 보낼 생각이었지만, 세이 쇼나곤은 그냥 넘어가지 않았다. 아니, 이런 솔직하지 못한 자를 보았나. 닭이 울기 훨씬 전에 돌아갔으면서 어디서 거짓말을!

세이 쇼나곤은 쾌씸한 생각에 붓을 들고 중국 『사기』에 나오는 일화까지 끄집어낸다. 옛날 맹상군이란 자가 한밤중 자길 암살하려는 왕을 피해 도망가다가 굳게 닫힌 관문 앞에서 길이 막힌다. 새벽 첫닭 울음소리에 관문이 열린단 사실을 안 맹상군은 닭 울음소리를 흉내 냈고, 아침이 온 줄로 착각한 관문지기가 문을 연 덕분에 무사히 탈출했다. 하지만 그건 어디까지나 맹상군의 이야기. 당신이 아무리 새벽 첫닭 울음을 흉내 내도 내게 오는 관문은 열리지 않을 겁니다, 하고 쏘아붙이는 세이 쇼나곤이다. 거짓말쟁이여, 내 마음은 열리지 않을 거예요! 꿈 깨시죠.

이에 유키나리는 다음과 같은 답가를 보낸다.

그대 언덕은 누구나 넘기 쉬운 관문이라서
닭이 울지 않아도 늘 열려 있다던가

무례하기 짝이 없네! 편지를 받고 얼굴이 붉으락푸르락하는 세이 쇼나곤이 보인다. 티격태격 한 치도 물러서지 않는 두 사람의 연애 이야기와 와카는 그녀가 남긴 수필 『베갯머리서책』에 상세히 기록되어 있다. 물론 여자 쪽 글만 남아 있으니 남자 쪽 변호를 들어볼 수는 없다. 역시 자기주장은 생각만 하기보다 글로 증거를 남겨둠이 바람직하다.

'내게 오는 관문'이 있는 언덕의 원문은 아후사카逢坂라 불린 옛 지명이다. 수도 교토에서 동쪽 지방으로 가려면 반드시 지나야 했던 관문이 거기 있었다. 가는 이 오는 이가 만나고 헤어지는 언덕이라 하여 '만난다逢'는 이름이 붙었다. 세이 쇼나곤은 자기에게 오는 관문이 굳게 잠겨 있다고 했지만, 유키나리는 그곳이야 늘 열려 있는 게 아니냐고 답했으니 그야말로 사랑의 전쟁터에 불이 붙었다. 아무튼 연인은 서로에게 상처 주는 말을 기가 막히게 잘 찾아낸다. 또 그렇게 콕콕 찍어대다 언제 그랬냐는 듯 서로의 상처에 꿀을 발라주는 게 연애겠지만.

* 세이 쇼나곤淸少納言, 『후습유와카집』

봄밤 꿈처럼 짧기만 한 하룻밤 팔베개하다
덧없이 무성하게 소문날 일 있나요

春の夜の　夢ばかりなる　手枕に
かひなく立たむ　名こそ惜しけれ

팔베개

그 소매 저리 거두십시오. 아무리 이 봄밤이 숨 막히게 아름
답다지만, 하룻밤 팔베개로 남들 입방아에 오르내리고 싶지는
않아요. 저도 바보는 아닙니다.

깊어가는 봄밤, 헤이안궁궐. 남녀 가인이 한데 모여 달빛을
보고 풍류를 즐긴다. 문득 피곤해진 여성 스오노가 말하길 "하
암, 졸려. 베개가 있었으면 좋겠네." 그러자 곁에 있던 남성 타
다이에가 다가와 팔을 내밀며 "여기 내 팔베개가 있으니 이리

누우시오." 그때 스오노가 타다이에에게 읊은 노래다.

당시에는 남녀가 함께 잘 때 서로에게 팔베개를 해주었는데, 남들이 그걸 보고 우리 사일 오해하면 어쩌겠느냐는 귀여운 투정 같은 노래다. 별것 아닌 소소한 시에 이상하게 가슴이 두근거리니 명작은 명작이구나 싶다. 졸리면 침소로 들어가서 자면 될 것을, 들어가긴 외롭고 머리는 누이고 싶고 그런 한가한 밤이 내게도 있었던 것 같은데⋯⋯. 그나저나 스오노도 굳이 있지도 않은 베개를 찾고 있으니, 언뜻 새침해 보이는 이 와카 속에 고도의 연애 작전이 숨어 있는 건가.

와카는 속도전이다. 미리 고심해서 준비해온 시보다 그 자리에서 곧장 어울리는 시를 뱉어내야 뛰어나다고 보았다. 현장 분위기가 사라지기 전에 재빨리 그 감각을 잡아 언어로 만드는 능력을 높이 평가했다. 실은 나도 그런 사람이 늘 부럽다. 어떤 자리에서든 긴장하지 않고 여유 있게 멋스러운 말을 내뱉고 싶다. 그런 순발력은 천성이겠으나, 어느 정도는 누구 앞에서나 겁먹지 않는 배짱과 자신감이 기본인 것 같다. 말을 하는 능력도, 글을 짓는 능력도 어찌 보면 모두 다 당당한 마음가짐에서 나온다.

* 스오노 나이시周防内侍, 『천재와카집』

숨기려 해도 얼굴에 묻어나네 나의 사랑은

남의 속도 모르고 캐묻는 사람 있다

忍ぶれど　色に出でにけり　わが戀は

物や思ふと　人の問ふまで

사랑 경합

사랑은 말하지 않아도 금세 드러난다. 얼굴에, 표정에, 몸짓
에. 숨기려 해도 숨길 수 없다. 옛사람들도 알고 있었다. 인간은
누군가를 좋아하는 마음을 숨기고 싶어 한다는 걸. 왜 그럴까.
사랑한다면 사랑한다고 당당하게 말하면 좋을 텐데 말이다.
어째서 이리도 부끄럽고 자신이 없는지. 거절당할까 봐? 언젠
가는 버림받아 아플까 봐? 아무튼 사랑이 부끄러워 말 못 하는
우리는 바보다. 바보들이 모여 바보 같은 사랑 노래를 부른다.

헤이안궁궐 사람들은 심심하면 모여서 와카 경합을 벌였다. 이 와카도 그때 다이라노 카네모리라는 사람이 읊은 노래다. 주제는 '몰래한 사랑'. 다 큰 어른들이, 그것도 관직에서 한자리한다는 자들이 모여 이런 주제로 진지하게 시를 읊으며 경합까지 벌이다니 조금 웃음이 난다. 당시 와카 경합은 정치적으로 빼놓을 수 없는 장치였다. 단순한 사랑 노래처럼 보일지라도 주군과 신하의 관계, 가문과 가문의 관계를 의미하기도 했다.

위 와카에 맞서 경합을 벌인 미부노 타다미네의 시는 이렇다.

사랑한다는 내 마음 벌써부터 소문이 났네
아무도 모르게 품어두려 했거늘

여러분은 어느 시가 더 낫다고 생각하시나요? 우리야 누가 이기든 상관없지만, 당사자에게는 가문의 명예가 걸렸을 정도로 대단한 자존심 싸움이었다. 좌중의 의견이 반반으로 갈려 어느 한쪽이 이겼다고 판정을 내리지 못하고 있을 때, 베일 뒤에서 왕이 나직이 "숨기려 해도 얼굴에 묻어나네"라는 구절을 읊조렸다. 다이라의 승리였다. 왕은 어쩌면 가난하지만 문필에 뛰어난 미부 집안보다 부와 무력을 두루 갖춘 다이라 집안에 손을 들어준 것인지도 모른다.

다이라 가문은 헤이안시대의 대표적인 무사 집안이다. 뛰어난 상술과 정치력으로 기존 무사는 오르지도 못했던 귀족의 자리에 올랐고, 귀족 가문에게만 부여되던 '케家' 작위까지 부여받아 '헤이케平家'로 격상되었다. 그들의 이야기가 그 유명한 『헤이케 이야기』다.

아무튼 와카 경합 주제만 봐도 그 시절 귀족들에게 사랑이 얼마나 중요한 사건이었는지 알 수 있다. 사랑, 그것은 예나 지금이나 답도 없고 길도 없는 흥미진진한 감정의 파도다. 어쩌면 사랑, 단지 그것만으로 이루어진 세상이라고 해도 과언이 아니리라. 사랑 없는 가문, 마을, 나라는 결국 멸하게 될 테니.

'몰래한 사랑'을 노래한 와카로는 이런 시도 있다.

내 얼굴 보고 사랑한다는 소문 떠돌았나 봐

눈물로 젖어버린 소매 색이 짙어서

하도 울어서 얼굴은 퉁퉁 붓고 소매는 눈물 콧물 닦느라고 한참 짙어졌다. 그 가여운 마음이 좋아서 나는, 이 소박한 작자 미상의 시에 손을 들어주고 싶다.

* 다이라노 카네모리平兼盛, 『습유와카집』

바다 밑으로 들어가 알아보자 너를 위하는

내 마음과 바다 중 어느 쪽이 깊은지

海の底　かづきてしらむ　君がため

思ふ心の　ふかさくらべに

마음의 깊이

나, 얼마만큼 사랑해? 몰라, 몰라. 그렇게 대충 넘기지 말고 사랑한다면 최선을 다해서 말해줘. 얼마나, 얼마만큼 사랑하는데? 그렇게 보채는 연인이 있다면 손을 잡고 바다로 데려가 이 노래를 불러주자.

일본의 오래된 전설 『다케토리 이야기』에는 대나무 속에서 태어난 아름다운 여인 가구야히메가 나온다. 오매불망 그녀의 사랑을 얻으려는 다섯 귀공자에게 그녀가 말한다.

"다섯 분 중 누가 더 열의가 있는지 우열을 가리기 힘드니 애정의 정도를 가늠해보지요."

그러면서 물건을 하나씩 가져오게 하는데, 그게 이승에서는 낙타가 바늘구멍 들어가는 수준으로 찾기 어려운 물건이다. 부처님이 쓰시던 공양그릇, 백옥이 열리는 나뭇가지, 불타는 나무에 사는 쥐의 가죽옷, 용의 오색 구슬 목걸이, 제비가 알을 낳을 때 생겼다 사라지는 조개껍데기. 모두 현실에 있을 리가 없지만 가구야히메는 단호하다.

"그 정도는 가지고 오셔야 당신의 마음을 믿겠습니다."

불행히도 인간은 겉으로는 쉽사리 마음의 깊이를 잴 수 없다. 오래전부터 이런 전설과 노래가 입에서 입으로 전해져온 것을 보면, 참으로 인간에게는 상대방 마음의 깊이를 재는 일이 크나큰 숙제였나 보다. '마음'이나 '좋아요'만 누르는 걸로는 뭔가 쓸쓸해. 사랑이 깊어질수록 더한 것을 원한다. 손을 잡고 바닷속으로라도 들어갈 정도로, 용을 찾아서 구름을 타고라도 나아가 정도로. 그러니까 현실에는 없다는 걸 알면서도 꿈으로 찾아 나설 만큼 강력한 맹세가 없을까. 세상에서 언어가 가장 시급한 사람들은 지금 막 사랑에 빠진 이들이다.

헤이안궁궐에서 재치 있는 가인으로 사랑받던 사카노우에노 고레노리도 사랑을 했다. 그는 공을 차서 바닥에 떨어뜨리지 않는 경기인 케마리의 달인이었다. 시를 짓는 스포츠맨이다. 올림픽 경기라도 출전할 것처럼 자신감에 가득 차서 사랑을 증명하기 위해 바다로 뛰어드는 남자가 눈에 보일 듯하다. 요즘엔 많이들 쿨하게 사랑하는 것 같지만, 나는 그래도 이렇게 바보처럼 앞뒤 안 가리고 뛰어드는 사랑이 좋다. 어떻게든 내 마음의 깊이를 표현하고 싶고, 상대방도 나에게 그랬으면 좋겠다. 올여름엔 그 사람 손을 끌고 바다로 가야겠다.

* 사카노우에노 고레노리坂上是則, 『후찬와카집』

소나기 오고 방울방울 이슬진 향나무 잎에

안개 피어오르네 가을 황혼의 길목

村雨の　露もまだひぬ　槙の葉に

霧立ちのぼる　秋の夕暮れ

안녕, 쥘?

바람이나 비에도, 햇살이나 눈에도 이름이 있다. 인간도 이름을 갖고 비로소 그 존재를 주목받듯이, 자연에도 예쁜 이름이 붙으면 더 사랑스럽다.

소나기는 쇠나기에서 왔다. 옛말 쇠는 '아주 많이', '무척 심하게'라는 뜻이었다. 한꺼번에 시원하게 쏟아지는 비라서 소나기가 됐다. 이 와카에 나오는 어휘 '무라사메村雨'는 세계 퍼붓다 갑자기 뚝 멈추는 가을비다. 마을이라는 뜻의 무라村가 붙은 것은 비가 무리 지어 우르르 오기 때문이다. 우리말 무리와 그들의 말 무라의 발음이 비슷한 것도 재미있다.

한동안 퍼붓다가 갑자기 멈춘 소나기는 작고 뾰족한 향나무 이파리 끝에 푸른 물방울 한 개를 남겼다. 반짝이는 물방울에 가을 저녁 찬바람이 스치며 하얀 안개가 피어오른다. 천 년 전이나 지금이나 변치 않는 자연의 아름다움이다. 나를 둘러싼 자연물에 이름을 붙이고 시를 지으며 소박하게 살고 싶다.

우리 동네 길고양이들에게는 사람의 이름을 붙여주었다. 꼬리가 뭉툭한 검은 고양이 '창수', 까만 얼룩에 표정이 새침한 '쥘', 숲속에 사는 겁 많은 '민희', 동네 골목길 어디를 걸어도 마주치는 '수진', 목청이 커서 멀리서도 들리는 고등어 무늬 '곤석'. 그렇게 이름을 붙이고 나니 마주치면 반갑고 안 보이면 걱정된다.

수진아, 오늘은 또 어디로 마실 나가니? 쥘이 요즘 안 보이네, 어디 아픈가? 곤석이, 고 녀석 시끄럽게도 우는구나.

이름을 붙이고 말을 걸다가 싹트는 애정이 나를 행복하게 한다. 주변 자연물에 더 많이 관심을 주고, 더 자주 예쁜 이름을 붙여주고 싶다.

* 자쿠렌寂蓮, 『고금와카집』

사이가 좋은 사람끼리 둥글게 모인 밤이면

비단 자르듯 싹둑 일어서기 아쉽구나

思ふどち　円居せる夜は　唐錦

たたまく惜しき　ものにぞ有りける

작은 원

　이것은 어젯밤 내가 지은 시가 아닌가 하는 착각이 들 정도
로 내 마음과 똑같다. 이런 생각, 비단 나만 드는 것은 아니겠
지. 다만 우리는 이럴 때 '무 자르듯'이란 표현을 쓰지만, 천 년
전 그네들은 '비단 자르듯'이란 표현을 썼다. 무릇 매정하게 단
칼에 베어버리는 이미지에 무 자르는 상황만큼 어울리는 건 없
는데 말이다. 커다란 무가 시원하게 싹둑 잘리는 소리는 단호하
게 딱 잘라 일어서는 감정에 더할 나위 없이 잘 어울린다. 아마

도 김장할 때 무를 싹둑싹둑 잘라내는 풍경을 보고 자라 익숙한 것이리라.

옛 일본 사람들은 비단을 자른다는 표현을 썼다. 원문의 당나라 비단(唐錦 카라니시키)은 당시 매우 귀하고 고급스러운 원단이었다. 흔하게 만져볼 수조차 없는 외국의 비단을 싹둑 잘라내는 일만큼이나 단단한 각오가 필요한 게 바로 마음 맞는 사람과의 자리를 박차고 일어서는 일이다. 사람을 좋아하는 끈끈한 정이 느껴지는 시다.

둥글게 모여 앉아 모임을 갖는다는 '마도이円居'라는 단어는 『겐지 이야기』에도 등장한다. 예나 지금이나 좋은 사람들이 둥글게 모여 앉은 자리는 돈으로도 살 수 없을 만큼 좋은 것이었나 보다. 그 원 안에는 외로움은 없다. 왕따는 없다. 배척은 없다. 대신 따뜻한 인간애가 있다. 머리를 맞대고 나누는 이야기가 있다. 서로에 대한 관심이 있다.

나는 요즘 종교나 직업이나 민족이나 국적을 떠나 마음 맞는 사람들이 둥글게 모여 앉아 이야기를 나누는 자리에 관심이 많다. 둥글게 모여 앉는 모임의 구성원은 다양할수록 좋다. 인류가 저지르는 끔찍한 실수는 보통 나의 종교, 나의 사상, 나의 국가, 나의 섹슈얼리티만이 진리라고 생각해서 발생한다. 서로의 것이 내 것만큼이나 아름다우며 그것이 내게 주는 기쁨

만큼이나 너에게 기쁨이라는 생각은, 어쩌면 세상 곳곳에 작고 둥근 원이 더 많이 생길 때 가능할지도 모른다. 마음 맞는 사람끼리 모여 조금씩 작은 원을 늘려가는 일, 거기에서 나는 인류에 대한 약간의 희망을 본다.

* 작자 미상, 『고금와카집』

그대 보고파 달도 없는 한밤에 깨어 있자니

가슴에 놓은 불로 타들어가는 마음

人_{ひと}にあはむ 月_{つき}のなきには 思_{おも}ひおきて
　　　　　胸_{むね}はしり火_びに 心_{こころ}やけをり

전기장판

달이 없다. 일본어로는 '츠키가 나이_{つきがない}'라고 한다. 츠키
는 어떤 수단이나 방법이라는 뜻도 있어서, 그대가 보고픈데 달
도 없고 캄캄하니 만나러 갈 길이 없다는 뜻이 이중 전달된다.
그런데 요즘에는 운이 없다, 되는 일이 없다는 뜻으로도 '츠키
가 나이, 츠이테 나이'라는 표현을 쓴다. 달이 없으면 길도 안
보이고 운도 안 따라준다. 뜻이 삼중이나 되고 보니 새삼 달 없
는 오늘 밤이 쓸쓸하다.

달도 없고 길도 없고 운도 없을 것만 같아서 쓸쓸할 때, 내게 힘이 되고 의지가 되는 건 늘 사람이었다. 일본에서 뼛속까지 시려오는 겨울바람을 온몸으로 버티며 지낼 때였다.

당시 나한테 한국어를 배우던 히로코 언니가 커다란 꾸러미 하나를 내밀었다. 히로코 언니는 NHK방송국에서 일하다가 그만두고 도쿄 근교 가와사키에서 아버지 일을 돕고 있었다. 한국 여행을 좋아해서 기본적인 회화를 장착해두려고 한국어를 배운다고 했지만, 어쩌면 나랑 수다를 떨고 싶었던 것인지도 모른다. 그런 언니가 수업 끝날 즈음 꾸러미를 조심스레 내밀며 말했다.

"정상, 괜히 짐이 될지도 모르지만 전기장판이야. 오늘 집을 나서는데 엄마가 정상이 혼자 이 겨울에 얼마나 춥겠냐고 가져가라고 하셨어. 온돌에서 살다가 다다미방에서 지내려니 얼마나 춥겠어."

가와사키의 모녀가 문간에서 나의 잠자리를 걱정하며 두런두런 이야기를 나누다가 전기장판을 꺼내 폈다 접었다 했을 모습이 눈에 선해서 가슴이 훈훈했다. 덕분에 그날 밤은 어깨부터 허리를 지나 엉덩이까지 데워주는 열기로 뜨끈하게 잠을 청할 수 있었다.

히로코 언니는 요즘도 이따금 필요한 책이 있으면 보내줄게,

요새 일본 문화 동향은 이러이러해 같은 연락을 보내온다. 아무리 성능 좋은 전기장판이라도 사람과 사람이 나누는 정만큼이나 뜨거워질 수는 없는 것 같다.

* 오노노 코마치, 『고금와카집』

5월 기다려　피어나는 감귤꽃　향기 맡으니

그리운 옛사람　소맷자락 향이네

さつきまつ　花橘の　香をかげば

昔の人の　袖の香ぞする

레몬그라스

　옛날에 어떤 부부가 살았다. 남편은 일이 바빠 아내를 제대
로 사랑하지 못했다. 아내는 자길 아껴주는 남자를 따라 시골
로 떠나버렸다. 시간이 흘러 남편은 어느 지방 칙사로 내려갔다
가 그 마을에서 옛 처를 만난다. 옛 남편임을 눈치채지 못한 채
술을 따르는 그녀에게 남자가 노래한다. 5월 기다려 피어나는
감귤꽃 향기 맡으니 그리운 옛사람 소맷자락 향이네…… 여인
은 깜짝 놀라 술을 쏟고 말았을까.

헤이안 사람들은 저마다 다른 향기를 소매 속에 지니고 살아서 소맷자락 향으로도 누구인지 알아챌 수 있었다. 소매에서 은은한 감귤꽃 향기가 배어나는 사람이라니. 사람을 산뜻한 꽃내음으로 구분할 수 있었다는 것도 그 시절의 멋스러움이다. 야마토시대의 유명한 이야기를 모은 『이세 이야기』에 실린 내용이다.

인간은 코를 대고 맡아보면 저마다 다른 냄새가 난다. 은유적인 표현이 아니라 실제로 후각이 받아들이는 향은 제각각이다. 사람들이 나를 냄새로 기억한다고 할 때, 나는 어떤 향기로 기억될까. 그런 것도 생각하며 살고 싶어진다.

음, 나는 레몬그라스 향을 좋아한다. 산뜻한 레몬 향기가 나는 허브인데 태국에서 오일을 써보고 좋아하게 되었다. 대파의 단단하고 하얀 부분처럼 생겼지만 먹어보면 레몬 향이 느껴진다. 태국에서는 바삭하게 튀겨 먹기도 하고 똠얌꿍에 넣어 먹기도 한다. 나는 레몬그라스 향을 나를 대표하는 향기로 삼아볼까 싶다. 늘 곁에 두고 누군가 날 기억할 때, 산뜻한 레몬을 떠올리는 것도 좋겠다.

* 작자 미상, 『고금와카집』

억새풀 자란 조릿대 숲 들판에 숨겨보아도

그대 그리는 마음 진정이 되지 않네

淺茅不の　小野の篠原　しのぶれど

あまりてなどか　人の戀しき

짝사랑

중학생 때 음악 선생님을 남몰래 좋아했다. 마음이 들킬까 무서워 음악실 교단에 꽃이나 음료수 같은 걸 사놓진 않았지만, 선생님의 지휘에 맞춰 노래를 부르고 있으면 너무 좋아서 목까지 빨갛게 달아올랐다.

목련꽃 그늘 아래서~ 베르테르의 편질 읽노라~ 구름꽃 피는 언덕에서 피리를 부노라~ 「4월의 노래」는 선생님이 좋아하는 노래였다. 언덕에서 선생님을 그리며 홀로 피리를 부는 나를 상상하며 정성껏 노래했다. 그야말로 악보의 음표 속에 마음을 숨겨보려 해도 마음이 진정되지 않는, 그런 시절이었다. 선생님을 조금이라도 더 보려고 합창반까지 들어갔는데, 졸업할 때까지 음표 뒤에 꼭꼭 숨은 채 얼굴만 빨개지다 영영 헤어졌다.

바람 부는 들판에 서서 북받치는 사랑을 토로하는 남자의 시를 읽고 있으니 문득 그때 그 빨갛던 마음이 떠오른다. 아마도 노을이 지는 저녁 무렵이었겠지. 쏴쏴 소리를 내며 억새풀과 조릿대가 서로 부대끼는 들판에 서서 그는 생각한다. 사랑하는 그대를. 아, 너무 부끄러워 감추고 싶어. 들판 수풀에 감춰보려 하지만 바람이 불면 쏴쏴 수풀이 흔들리는 탓에 그마저도 숨길 수가 없다. 자기 마음을 꺼내 어딘가에 숨기고 싶은데 숨겨둘 장소가 여의치 않아 마음이 들킬 것 같다는 이야기.

흡사 중학생 같다. 이러지도 저러지도 못하고 사랑의 포로가 된 사람의 마음은 아무리 늙어도 짝사랑에 빠진 중학생처럼 귀엽구나.

* 미나모토노 히토시源等, 『후찬와카집』

구름을 나와 나를 따라나서는 겨울밤의 달
바람이 저미느냐 눈이 차디차느냐

雲を出でて われにともなふ 冬の月
風や身にしむ 雪や冷たき

무한한 하나

『설국』의 작가 가와바타 야스나리가 1968년 스톡홀름에서
열린 노벨문학상 수상연설에서 읊은 와카다. 물론 그의 낭독
은 일본어였고, 영어 번역은 다음과 같았다.

"Winter moon, coming from the clouds to keep me
company, Is the wind piercing, the snow cold?"

추운 겨울밤, 깊은 산중에서 달이 나와 벗하니 두렵지 않다.
숲길을 나서는데 달이 나를 따르고 내가 산사로 들어가니 달도

봉우리 너머로 사라진다. 아무도 모르게 한 몸처럼 움직이는 달과 나, 나와 달. 그런 상황을 노래한 시다. 이어서 야스나리는 이렇게 덧붙였다.

"달과 가까워져서, 달을 보는 내가 달이 되고, 나에게 보이는 달이 내가 됩니다. 나는 자연 속에 잠겨 자연과 하나가 됩니다. …… 구름으로 들어가고 구름에서 나오며 선당을 오가는 나의 발밑을 비춰주고 늑대 울음소리도 두렵지 않게 해주는 겨울 달이여, 너는 바람이 몸을 저미지 않니? 눈이 차디차지 않아? 이런 자세가 자연 그리고 인간에 대한 깊고 따뜻한 배려라고 생각합니다."

그러고 보면 가와바타 야스나리의 소설들은 한 편의 긴 와카 같다. 서양인들이 그에게 노벨문학상을 안겨준 것도 그들에게는 생소했을 불교적 사상과 감각 때문이었으리라. 그가 추운 겨울날 달의 시를 좋아한다면, 나는 따뜻한 봄날 꽃의 시가 좋다. 예를 들면 이런 것.

만방에 비친 햇살이 부드러운 어느 봄날에
들뜨는 마음같이 꽃잎 흩날리누나

부드러운 봄날 햇살 속에서 흩어지는 꽃잎을 보며 들뜨는 마음은 나의 것일까, 꽃잎의 것일까. 말하자면 내가 꽃이요, 꽃이 나인 계절. 아, 나는 지금 그 봄의 한가운데를 걷고 싶다.

사물이 모두 다르게 보여도 우리는 모두 거대한 하나이다. 우리는 모두 완전히 융합되고 뒤섞여 있어 서로 떼려야 뗄 수 없는 관계다. 자연도 인간도 국가도 인종도 정치 색깔도 서로 다른 조각의 퍼즐처럼 보이지만 하나로 이어진 형상 속에서 우리는 산다. 다 아는 이야기겠지만, 다들 모르는 것처럼 사는 것 같아서.

* 묘에明惠, 『옥엽와카집玉葉和歌集』

이 세상에서 변하지 않는 것이 어디 있겠어요

어제는 머물렀다 오늘은 흘러가네

世の中は　何か常なる　飛鳥川
昨日の淵ぞ　今日は瀬になる

불가능성

소설가 미시마 유키오의 에세이 『소설가의 휴가』에 이런 말
이 나온다.

"나는 소설을 쓸 때 맨 먼저 무척 당혹스럽다. 어쩔 줄 모를
만큼 당혹스럽다. 내가 일본에서, 도쿄의 어느 한구석에서, 한
편의 소설을 쓴다는 것 자체가 불가능한 일이 아닐까 싶을 때
가 있다. 솔직히 말하면 내 소설은, 이 불가능성과 약간의 타협
을 통해 시작된다고 봐도 좋다."

내가 이 책을 처음 쓰기 시작했을 때도 꼭 그랬다. 내가 한국에서, 서울의 어느 한구석에서 와카 에세이라는 시집도 아니고 수필집도 아닌 번역서이자 저술서인 이 책을 낸다는 것 자체가 도대체 가능한 일인가 싶었다. 그 불가능성에 머물렀더라면 우리는 영원히 만나지 못했을 것이다. 이런 텍스트로 이런 스타일로 당신과 내가.

그런데 생각해보면 세상 모든 책, 세상 모든 영화, 세상 모든 그림과 음악과 건물과 옷, 그러니까 세상 모든 만물의 시작에는 불가능성이 있다. 도대체가 이것이 책이 되고 영화가 되고 건물이 되겠는가. 모두에게 쓰임이 되는 물건이 되겠는가. 신이 아닌 이상, 인간은 그런 일말의 불안을 안고 일에 착수한다. 이 건 이 시대에 꼭 필요한 혹은 아주 쓸 만한 혹은 대체로 없는 것보다는 나은 물건이 되지 않겠는가, 하고 그 불가능성과 조금씩 타협한다.

어제는 아이디어를 착상하는 단계에 머물렀다가 오늘은 그동안 나름대로 준비해둔 것을 거침없이 해내며 흘러간다. 그렇게 인간은 어제 없던 것을 오늘 생기게 할 수도 있고, 또 반대로 오늘 있던 것을 내일 없앨 수도 있다. 인간이 마음먹기에 따라 세상은 매 순간 변한다. 이렇게 많은 사람이, 이렇게 다양한 착상을 하고 작업을 수행하므로 세상은 조금도 가만히 있을 틈이 없다. 그것이 또 살아 있는 세상이겠지. 일상은 매일매일 비슷해 보여도 이 세상에서 변하지 않는 것은 없다. 인간은 조금씩 무언가 하지 않고서는 못 배기는 동물이기 때문이다.

적어도 우리에게 꿈이 있다면, 당장은 불가능해 보일지라도 어느 틈엔가 싹이 트기 마련이다. 매일 조금씩 그 방향을 향해 움직인다면 말이다. 그 가능성을 향해 나아가는 약간의 타협이 우리 인생을, 우리가 사는 세상을 얼마나 많이 바꾸게 될까.

살아생전 노벨문학상 후보에 올랐을 때 현시점 지구상에서 소설을 가장 잘 쓰는 작가는 미시마 유키오, 라는 평까지 들었을 정도로 훌륭한 재능과 문체를 지녔던 그조차 소설을 쓸 때마다 생각했다. 내가 소설을 쓸 수 있다니, 말이 되는가.

나도 생각한다. 벌써 이 책도 마지막을 향해 달려가네. 정말 책이 나오려나 보군. 놀라워, 놀라워. 어제는 깊은 웅덩이에 고여 있던 강물이 오늘은 세찬 여울이 되어 흘러간다. 끊임없이 조금씩 물꼬를 틔우면 물의 흐름이 바뀐다. 각자가 바라는 크고 작은 뜻과 꿈, 무엇이든 불가능성을 내포하고 있지만 어떻게든 세상은 움직이는 방향으로 움직인다. 그것만은 진실이다.

* 작자 미상. 『고금와카집』

안녕이라고 내게 분명히 말을 해줬더라면

나도 그때 눈물을 쏟았을 터인데

さらばよと　別れし時に　いはませば

我も涙に　おぼほれなまし

마침표

안녕安寧!

나는 네가 평안하길 바랄게. 헤어질 때 우리는 그런 메시지를 담아 인사한다.

굿바이Goodbye!

신이 당신과 함께하기를. 영어권에서는 'God be with you'의 축약어를 쓴다.

짜이찌엔再见!

또 만나요. 정이 많은 중국인은 아쉬운 마음을 담아 이렇게 인사한다.

사요나라さようなら!

그럼, 정 그렇다면, 꼭 그래야 한다면…… 일본인의 인사는 '그렇다면'이라는 뜻의 접속사 '사라바さらば', '사요데아레바さようであれば'에서 왔다. "정 그렇다면 (헤어집시다)", "꼭 그래야 한다면 (죽겠습니다)" 같은 표현이 반복되면서 헤어지는 인사말이 되었다. 요즘엔 흔히 "자, 그럼"이란 뜻으로 "쟈네じゃね"라고 한다. 작별을 하며 오늘 이 순간의 마침표를 찍는 것이다. '다시 만나자'라든가 '신의 가호가 있기를'이라든가 '안녕하기를' 같은 메시지는 없다. 그저 산뜻하게 돌아선다.

"오늘은, 우리는, 이번엔 여기까지입니다, 사요나라."

간결함을 미학으로 삼는 일본인의 인사답다. 내 의지보다는 삼라만상을 이루는 거대한 힘에 기대어 정 그렇다면 어쩔 수 없는 일이라고 받아들이는 정서가 깃든 인사법이다. 그래서 조금은 냉정하게 보일지도 모르지만, 헤어짐이 간결하니 무언가 큰 문제나 혹은 큰 기쁨을 받아들일 때도 언젠가 다 지나가리라는 생각이 근저에 있다. 일희일비하지 않는다고나 할까.

이 와카를 쓴 이세는 노래한다. 당신이 제대로 된 인사 없이 떠나서 내 마음에 미련이 남았어요. 만남도 관계도 일도 사랑도 맺고 끊음이 확실해야 마음에 평안이 오는데 말이죠. 확실히 합시다, 우리. 정말 끝인 건가요? 말을 해주세요. 그래야 새 출발도 가능합니다.

자, 그럼, 이 책은 여기까지. 다음 책에서 또 만나요.

여러분 모두, 부디 평안하시길.

사요나라. 그리고 안녕.

* 이세, 『후찬와카집』

참고한 책

大岡信,『百人一首』, 講談社文庫

大岡信,『星の林に月の船 声で楽しむ和歌 俳句』, 岩波書店

田辺聖子,『田辺聖子の小倉百人一首』, 角川文庫

田辺聖子,『竹取物語/伊勢物語』, 岩波現代文庫

高橋睦郎,『百人一首―恋する宮廷』, 中公新書

織田正吉,『絢爛たる暗号 百人一首の謎を解く』, 集英社

折口信夫・丸谷才一,『口訳万葉集/百人一首/新々百人一首』, 河出書房新社

『合本俳句歳時記 第四版』, 角川学芸出版

渡部泰明,『和歌のルール』, 笠間書院

片桐洋一,『小野小町追跡:「小町集」による小町説話の研究』, 笠間書院

橋本治,『百人一首がよくわかる』, 講談社

佐伯梅友,『古今和歌集』, 岩波文庫

高田祐彦,『新版 古今和歌集』, 角川ソフィア文庫

清少納言,『枕草子』, 岩波文庫

最果タヒ,『百人一首という感情』, リトルモア

川端康成, 『美しい日本の私』, 講談社現代新書

三島由紀夫, 『小説家の休暇』, 新潮文庫

구정호, 『고킨와카슈』, 소명출판

구정호, 『신코킨와카슈』, 삼화

임찬수, 『백인일수』, 문예원

이연숙, 『만엽집』, 박이정

김난주, 『겐지이야기』, 한길사

정순분, 『무라사키 시키부 일기』, 지식을만드는지식

노선숙, 『이즈미 시키부 일기』, 지식을만드는지식

최충희·이상민, 『후찬와카집』, 지식을만드는지식

김종덕, 『헤이안시대의 연애와 생활』, 제이앤씨

신현아, 『일본고전문학정해』, 보고사

오오오카 마코토, 『이야기 일본 문학사』, 경인문학사

모토오리 노리나가, 『모노노아와레』, 모시는사람들

다케우치 세이치, 『일본인은 왜 헤어질 때 사요나라라고 말할까』, 어문학사

그 외 인용시

019쪽

うたた寝に　恋しき人を　見てしより　夢てふものは　頼みそめてき

오노노 코마치, 『고금와카집』

020쪽

夢路には　足もやすめず　通へども　うつつに一目　見しごとはあらず

오노노 코마치, 『고금와카집』

035쪽
秋来只爲一人長　백거이白居易,『백씨문집白氏文集』

039쪽
春日野の　雪間をわけて　あひいでくる　草のはつかに　見えし君はも
미부노 타다미네,『고금와카집』

059쪽
菫程な　小さき人に　生れたし　나쓰메 소세키夏目漱石

109쪽
人知れぬ　思ひありその　浦風に　波のよるこそ　言はまほしけれ
후지와라노 토시타다藤原俊忠,『호리카와인 엔쇼아와세堀河院艶書合』

148쪽
賢しみと　もの言ふよりは　酒飲みて　酔ひ泣きするし　まさりたるらし
あな醜　賢しらをすと　酒飲まぬ　人をよく見れば　猿にかも似る
世間の　遊びの道に　すずしきは　酔ひ泣きするに　あるべかるらし
この世にし　樂しくあらば　來む世には　蟲に鳥にも　われはなりなむ
生ける者　つひにも死ぬる　者にあれば　この世なる間は　樂しくあらな
오토모노 타비토,『만엽집』

174쪽
みじか夜や　枕にちかき　銀屛風　부손蕪村,『부손구집蕪村句集』

212쪽
逢坂は　人越えやすき　関なれば　鳥鳴かぬにも　あけて待つとか

후지와라노 유키나리藤原行成,『베갯머리서책枕草子』

217쪽
戀すてふ　わが名はまだき　たちにけり　人知れずこそ　思ひそめしか
미부노 타다미네,『습유와카집』

218쪽
色に出て　戀すてふ名ぞ　立ぬべき　なみだにそむる　袖のこければ
작자 미상,『후찬와카집』

235쪽
久方の　光のどけき　春の日に　しづ心なく　花の散るらむ
기노 토모노리紀友則,『고금와카집』

정수윤 번역가의 시로 쓰는 산문

날
마
다
　고
　독
　한
　날

초판 1쇄　2020년 10월 12일

지은이　정수윤
펴낸이　이정화
편　집　안은미
디자인　원선우

펴낸곳　정은문고
등록번호　제2009-00047호 2005년 12월 27일
주소　서울시 마포구 동교로13길 60 503호
전화　02-3444-0223
팩스　02-3147-0221
이메일　jungeunbooks@naver.com
페이스북　facebook.com/jungeunbooks
블로그　blog.naver.com/jungeunbooks

ISBN 979-11-85153-37-7　03810

이 도서는 한국출판문화산업진흥원의 '2020년 출판콘텐츠 창작 지원 사업'의 일환으로
국민체육진흥기금을 지원받아 제작되었습니다.

이 도서의 국립중앙도서관 출판예정도서목록(CIP)은
서지정보유통지원시스템 홈페이지(http://seoji.nl.go.kr)와
국가자료종합목록 구축시스템(http://kolis-net.nl.go.kr)에서 이용하실 수 있습니다.
(CIP제어번호 : CIP2020038662)

지은이 정수윤鄭修阮

1979년 서울 출생. 작가, 번역가. 다자이 오사무 전집을 시작으로 미야자와 겐지 『봄과 아수라』, 오에 겐자부로 『읽는 인간』, 이노우에 히사시 『아버지와 살면』, 와카타케 치사코 『나는 나대로 혼자서 간다』, 일본 산문선 『슬픈 인간』, 사이하테 타히 『밤하늘은 언제나 가장 짙은 블루』 등 시·소설·산문·희곡에 걸쳐 일본 근현대문학을 이끌어온 다양한 명작을 우리말로 옮겼다.

어린 시절 읽고 또 읽은 세계문학전집 한 질의 영향으로 문학이 인간에게 줄 수 있는 아름다운 무엇을 꿈꾸며 살게 되었다. 대학 졸업 후 여러 직장을 다니다가 와세다대학 대학원 문학연구과에 입학해 석사학위를 받았다. 문학 작품을 번역하며, 꿈속처럼 살고 사는 것처럼 글을 쓰고 있다. 지은 책으로 장편동화 『모기소녀』가 있다.

여러 분야 창작자들과 5년을 함께 보낸 공동 작업실 벽에 '日日是好日(날마다 좋은 날)'이라는 액자가 걸려 있었다. 돌아보면 작업실을 오가며 늘 좋은 날이 되기를 바라는 마음으로 날마다 고독한 시절을 보냈다. 고독한 시간이야말로 우리를 가장 순수한 곳으로 데려가는 것은 아닐까. '日日是孤日(날마다 고독한 날)'이 언제나 좋은 날의 시작이 되길 바라며, 나의 첫 산문집으로 여러분을 초대합니다.

표지 그림 치카이 히로미千海博美

일러스트레이터. 나무판을 채색하여 조각칼로 새기는 방식으로 그림을 그린다. 표지 그림의 작품명은 <ON>.